Jeder kann ein Held sein.

Der Mann in der Bahn, die mutige
Polizistin, der verwöhnte Millionär,
sogar der kleine Teddybär.

Der zweite Kurzgeschichtenband der
Kraniche handelt von solchen Helden
- mit und ohne besondere Fähigkeiten.

Unerwartete Helden

Die Kraniche

Umschlaggestaltung:
Katrin Bohnen

Lektorat: Christin Mittler, Fabienne Siegmund

Satz: Jörg Neuburg

Herstellung und Verlag:
BoD – Books on Demand, Norderstedt.
ISBN: 9783750404281

Inhalt

Susan
Kerstin Radermacher

Susan stieg aus dem Rettungswagen aus und sah sich um. Mary-Jo von der Leitzentrale hatte nicht übertrieben, als sie die Meldung durchgegeben hatte: Auf dem Highway war es zu einem schweren Unfall gekommen. Ein Tanklaster war auf ein Stauende aufgefahren, offenbar hatten die Bremsen versagt, denn der Hänger war ausgebrochen und umgekippt. Dabei hatte er zwei Trucks gestreift, die sich wiederum auf mehrere vor ihnen stehende Autos geschoben hatten. Die Unfallstelle sah aus wie ein Schlachtfeld. Überall Trümmer und Autowracks. Und dazwischen Menschen. Viele Menschen. Manche liefen orientierungslos herum, einige suchten ihre Angehörigen oder Freunde, mit denen sie Sekunden zuvor noch im Auto gesessen hatten, und wieder andere saßen einfach benommen am Straßenrand. Viel zu viele waren noch in ihren Wagen eingeklemmt und warteten auf ihre Befreiung. Um diese kümmerten sich bereits die Kollegen von der Feuerwehr, wie Susan feststellte, da diese das geeignete schwere Gerät für die Bergungsarbeiten hatten. Sie selbst war hier, um sich als Notärztin um die Verletzten zu kümmern. Susan nahm ihre Rettungstasche aus dem Wagen und schulterte sie. Dann ging sie auf die erste Person zu, die am Straßenrand saß, und begann, diese zu behandeln. So arbeitete sie sich von einem Verletzten zum nächsten. Dabei bildete sie mit John und Bill, ihren beiden zugeteilten Rettungsassistenten, ein eingeschworenes und eingespieltes Team, das Hand in Hand arbeitete.

Sie selbst kümmerte sich um die jeweiligen Verletzten, linderte die größten Schmerzen, richtete schlimmere Brüche, heilte größere Wunden, bis sie kaum noch der Rede wert waren. Dabei achtete sie stets darauf, die Wunden nicht ganz zu schließen, damit ihre Tarnung nicht aufflog, denn sie hatte seit jeher die Fähigkeit, Menschen zu heilen. Da sie aber Angst davor hatte, dem ganzen Rummel ausgesetzt und ausgenutzt zu werden, wenn das bekannt werden würde, arbeitete sie lieber im Verborgenen.

So hatte sie studiert und war Ärztin geworden, damit sie ihre Fähigkeit so unauffällig wie möglich einsetzen konnte. Als sie im Krankenhaus ihre Stelle angetreten hatte, hatte sie sich vorgenommen, dass keiner auf ihrer Station oder während ihrer Wache starb. Die einzigen, die von ihrer Gabe wussten, waren John und Bill, diese hatten ihr aber geschworen, Stillschweigen zu bewahren. Daher sorgten die beiden nun dafür, dass die Behandelten aus der Gefahrenzone gebracht und von anderen Rettungswagen übernommen wurden, welche die Verletzten sodann in die nächstgelegenen Krankenhäuser transportierten.

Plötzlich wurden Schreie laut, die aus der Richtung des Tanklasters kamen. Unbemerkt war Flüssigkeit aus dem umgekippten Tank ausgetreten und hatte sich nun entzündet. Das Feuer leckte schon an der Außenwand des Tanks. Es bestand akute Explosionsgefahr! Die Menschen, die sich in der Nähe des Lasters befunden hatten, liefen aufgeschreckt in alle Richtungen davon. Susan sah hinüber zu den Feuerwehrleuten, die gerade mit der Bergung eines Insassen fertig geworden waren und nun schnell zurück zu ihrem Einsatzwagen liefen, um die Schläuche zu holen und mit der Löschung zu beginnen. Sie erkannte Jake unter ihnen. Susan atmete auf. Wenn Jake dabei war, wusste sie, dass das Feuer unter Kontrolle war.

Sie hatte Jake bei einem der jährlichen Treffen der AH - der Anonymen Helden, einer kleinen Gruppe von Menschen mit besonderen Fähigkeiten, die über die ganze Welt verteilt lebten, sich aber wie sie selbst nichts aus dem Ruhm und der Ehre machten, die so manchem Helden wie Superman, Spiderman oder wie sie alle hießen, zu Teil wurden - kennengelernt. Seit sie dabei festgestellt hatten, dass sie, wie der Zufall es wollte, in derselben Stadt wohnten, waren sie einige Male miteinander ausgegangen. Jake konnte Feuer beherrschen, und wie sie selbst hatte er seine Fähigkeit zum Beruf gemacht und war Feuerwehrmann geworden.

Nun sah sie, wie er vor den Flammen stand, den Schlauch in der Hand, den Schaum in die Glut gerichtet. Dabei murmelte er leise Worte vor sich hin. Jeder, der die Szene beobachtete, hätte dies als natürlich abgetan. Fast jeder Feuerwehrmann redete wohl beschwörend auf die Flammen ein. Nur Susan wusste, dass die Worte, die Jake murmelte, tatsächlich Auswirkungen auf das Feuer hatten und es dazu brachten, immer kleiner und kleiner zu werden und schließlich ganz zu erlöschen.

Susan drehte sich wieder zurück und hielt nach dem nächsten Verletzten Ausschau. Dabei sah sie eine junge Frau, welche sich suchend umsah. Sie fing Susans Blick auf und kam auf sie zu.

»Haben Sie Jessie gesehen? Meine kleine Tochter. Ich kann sie nirgends finden. Wo ist sie nur?«

Die Mutter wurde dabei immer panischer.

»Ganz ruhig, wir werden sie schon finden. Wie heißen Sie?«

»Chrissi, aber…«

»Gut, Chrissi, ich schlage vor, wir gehen jetzt erst einmal zurück zu Ihrem Wagen und starten von dort aus die Suche«, redete Susan beruhigend auf sie ein und ging mit ihr langsam in Richtung des Autos zurück.

Dabei sah sie sich bereits suchend um. Doch nirgends eine Spur von der kleinen Jessie.

Plötzlich schrie Chrissi auf und lief in Richtung eines Busches, der am Straßenrand wuchs. Dahinter konnte Susan zwei kleine Beine hervorragen sehen. Sie eilte ebenfalls auf den Busch zu und sah das kleine Mädchen dort bewusstlos liegen. Susan schob Chrissi vorsichtig zur Seite, kniete sich neben das kleine Mädchen und fühlte nach dem Puls und der Atmung. Nichts. Keine Atmung und keinen

Puls. Sofort begann Susan mit den Wiederbelebungsmaßnahmen. Doch nichts tat sich. Immer und immer wieder drückte Susan den Brustkorb der kleinen Jessie zusammen, pumpte so das Blut weiter durch deren Adern, und blies ihr Luft in die Lungen. Immer noch nichts. Langsam verzweifelte auch Susan. Die Gedanken rasten durch ihren Kopf. Noch nie war jemand während ihres Dienstes gestorben! Das konnte - nein, das durfte nicht sein! Nicht während ihrer Schicht! War sie etwa zu spät gekommen, weil das Feuer und die Gedanken an Jake sie abgelenkt hatten? Das würde sie sich nie verzeihen können. Nein, sie würde nicht aufgeben!

Weiter und immer weiter pumpte und beatmete sie. Doch noch immer tat sich nichts. Chrissis Rufe wurden immer leiser und verzweifelter, während sie immer wieder den Namen ihrer Tochter rief. Susan fasste einen Entschluss und drehte sich zu ihr um.

»Schnell, gehen sie zu meinen beiden Kollegen. Sie sollen mit der Trage kommen. Los, beeilen Sie sich!«

Damit schickte sie die verzweifelt schauende Chrissi fort, die zum Glück ihrer Anweisung Folge leistete und zu John und Bill lief.

Susan sah sich um. Sie kniete verborgen hinter dem Busch, niemand konnte sehen, was sie tat. Daher beugte sie sich vor, legte eine Hand auf die Brust des Kindes und eine auf dessen Stirn. Dann schloss sie die Augen und konzentrierte sich darauf, alle Energie, die ihr zur Verfügung stand, in die kleine Jessie fließen zu lassen. Sie spürte, wie ihre Hände wärmer

11

wurden und es kribbelte in ihren Fingerspitzen, als die Energie von ihr auf Jessie übersprang. Nach einer Weile - Susan vermochte nicht zu sagen, wie lange sie dort so gekniet hatte - spürte sie, wie das kleine Herz in dem Mädchen wieder anfing zu schlagen. Susan öffnete ihre Augen. Sie war noch immer geschwächt, aber sie hatte es geschafft. Das Mädchen war wieder am Leben. Sie hob es auf und legte es vorsichtig auf die Trage, welche just in dem Moment von John und Bill gebracht wurde. Die beiden sahen sie an und nickten wissend, bevor sie mit Jessie zurück zum Krankenwagen liefen. Chrissi fiel Susan um den Hals und schluchzte.

»Danke! Ich weiß gar nicht, wie ich Ihnen danken kann! Sie sind ein Engel! Ein Schutzengel!«, brachte sie noch hervor, bevor sie ihrer kleinen Tochter zum Rettungswagen nacheilte.

Susan sah ihnen nach und lächelte.

Schwanen- gesang

Fabienne Siegmund

Es heißt, dass Helden niemals aus dem Licht geboren werden, sondern immer nur aus der Finsternis.

Vielleicht sind jene, denen es gut geht, zu bequem, sich gegen das Böse zu stellen. Oder sie sehen darin keine Notwendigkeit, weil sie ihm nie begegnet sind. (Obwohl, das sei der Fairness halber gesagt, es gibt auch Ausnahmen in ihren Reihen. Die mehr tun, als dicke Schecks für wohltätige Zwecke auszustellen. Was aber auch noch ne Menge ist. Und wichtig. Sie wissen, was ich meine.)

Dennoch. All die großen Helden traten erst hervor, nachdem ihnen eine Tragödie wiederfahren war. Der Tod der Eltern. Ein schwerer Unfall. Selbst von einer verdammten Spinne gebissen zu werden. (Für mich wäre das eine ziemliche Tragödie. Denn ich hasse Spinnen und würde durchdrehen, wenn ich plötzlich Spinnenfäden aus meinen Handgelenken schießen könnte! Aber da ist ja jeder anders.)

Wie auch immer. Helden werden also mehr oder weniger aus der Dunkelheit geboren.

So wie ich. Mein Name ist Angel. Ja, genau. Wie Engel. Meine Mutter war sehr gläubig, und weil ihr jüngster Sohn mit einem Herzfehler auf die Welt kam und es an ein Wunder grenzte, dass er – also ich – überhaupt überlebt hat.

Angel ist kein Heldenname. Schon gar nicht für einen 23jährigen Typen von 1,90 m. Ehrlich. Der Vorname war die Hölle auf jedem Schulhof. Aber es ist mein Name.

Sie möchten wissen, was mich zu einem Helden macht? Welche Superkraft oder Gabe ich habe?
Später.

Erst die Tragödie. Denn mit ihr fing alles an. Ich will es auch gar nicht lang und breit austreten. So ein Arsch hat meine Mutter umgebracht. War ein Überfall, an dem sie nicht mal selbst beteiligt gewesen war. Sie hat helfen wollen. Wie es gute Menschen tun, wenn sie Unrecht sehen. Zivilcourage und so, ist heute ja ein bisschen out. Meine Mom aber hat sich eingemischt. Weil sie nicht zusehen konnte, wie dieser Kerl über das Mädchen herfallen wollte. Dumm nur, dass der Typ ein Messer hatte. Er traf ihre Hauptschlagader im Bauch.

Jetzt denken Sie sicher: Ah. Rache. Er will den Tod seiner Mutter rächen.

Irrtum. Das würde nichts ändern. Der Arsch sitzt im Knast. Zweifacher Mord, so schnell kommt der nicht wieder raus. Und überhaupt. Was würde es denn bringen, wenn ich ihn killte? Mama würde nicht wieder lebendig werden. Worüber ich auch ganz froh bin, Zombieapokalypse und so, Sie verstehen. So sehr ich sie natürlich auch vermisse …

Egal. Keine Rache.

Und auch keine Superkraft, zumindest keine krasse. Ich kann weder fliegen noch Feuerbälle aus meinen Händen schießen oder so. Bin auch kein großer Kämpfer. War nie notwendig. Man überlegt sich zweimal, ob man sich mit jemanden anlegt, der nicht nur groß, sondern auch noch schwer dabei ist und ein gesundes Selbstbewusstsein hat. Und wenn es sich doch mal einer überlegt hat, war ich einfach weg.

Denn ich kann mich unsichtbar machen. Konnte ich immer schon.

Nein, nicht so, dass mein Körper sich in seine Moleküle auflöst und verschwindet. Ich besitze auch keinen magischen Tarnumhang oder so.

Aber ich werde nicht gesehen, wenn ich nicht will, dass man mich sieht.

Nichts Besonderes also, das kann jeder. Wirklich.

15

Ist es Ihnen noch nie aufgefallen? Leute, die glauben, dass sie nicht bemerkt werden, werden das auch nicht. Sie sind da, man sieht sie vielleicht sogar, aber später erinnert man sich einfach nicht an sie. Viele haben daran zu knabbern, glaub ich. Ist ja auch Scheiße.

Ich aber habe gelernt, es zu benutzen, sogar zu perfektionieren. Wollte mich also so ein Idiot verprügeln, machte ich mich unsichtbar. Wir konnten im gleichen Raum sein, er sah mich nicht.

Vielleicht war das feige. Aber warum sollte ich mich verprügeln lassen? Oder selbst prügeln?

So fing es an. Aber mit Mom's Tod änderte es sich. Ich versteckte mich nicht mehr. Oder doch. Wenn man unsichtbar wird, dann ist das immer eine Art von Verstecken. Aber ich sah nicht mehr weg, ging nicht mehr fort. Ich blieb. Mischte mich ein. Veränderte Dinge. Beeinflusste Situationen.

Sah ich auf meinen nächtlichen Streifzügen einen Überfall, legte ich dem Täter die Hand auf die Schulter des Armes, der die Waffe hielt und raunte ihm zu, dass er es besser lassen sollte.

Einen Vergewaltiger schlug ich zu Boden, ehe er Hand an sein Opfer legen konnte. Dann fesselte ich ihn und rief die Polizei.

Ob ich Angst habe? Klar! Ich hab jedes Mal ne Scheißangst! Jeder verdammte Held hat Angst. Aber ein Held zu sein, heißt nicht, keine Angst zu haben. Es bedeutet, die Angst zu überwinden. Für die Sache.

Nie sah mich jemand. Weder die Täter noch die geretteten Opfer. Auch nicht die Polizisten, die mit einer Mischung aus Belustigung und Dankbarkeit auf meine Hilfe reagierten.

Einen Namen gab man mir nicht. Kein „Ghost" oder ein „Mr. Invisible".

Vielleicht denken Sie jetzt: Aber warum ein Held sein, wenn das niemand mitbekommt?

Nun. Ich stelle eine Gegenfrage. Haben Sie sich mal überlegt, warum die Helden Masken tragen? Weil sie ihre eigene Identität schützen wollen, sich und ihre Lieben aus dem Fokus von Verbrechern nehmen wollen, ja ja, schon klar. Geschenkt. Aber nicht richtig. Oder besser: Schon richtig. Aber nicht nur.

Sie tun es auch, damit andere Menschen verstehen, dass es egal ist, wer unter der Maske steckt. Jeder kann ein Held sein, verstehen Sie? Sie. Oder Sie da. Sie müssen ja nicht gleich nen Serienkiller aus dem Verkehr ziehen oder so. Reicht schon, wenn Sie ner alten Dame über die Straße helfen. Gute Taten sind immer auch Heldentaten, für den, der sie empfängt. Fragen Sie den Penner, dem Sie Ihre Schuhe schenken. Das Kind, wenn Sie seinen Ball aus dem Teich im Park fischen. Die kleinen Sachen, die man eben machen kann, ohne gleich sein eigenes Leben zu gefährden. Für die Mutigeren gibt es natürlich auch noch was.

Manche werden auch Held von Berufs wegen. Sanitäter. Feuerwehrmann. Soldat.

Ich bin übrigens Lagerarbeiter.

Warum ich Ihnen all das erzähle? Nein, ich will sie nicht überreden, in die Liga der außergewöhnlichen

Superhelden einzutreten, sich ein Kostüm zu basteln und nachts durch die Straßen zu laufen. So cool ich das finde. Wäre ich ein Typ für Kostüme, hätte ich vielleicht auch eins. Würde aber ja eh keiner sehen, und wenn doch, käme ich mir seltsam vor.

Wenn Sie das machen wollen, tun Sie sich aber keinen Zwang an, ich empfehle dann aber ein ausgewogenes Kampf- und Ausdauertraining.

Ich persönlich würde mich schon freuen, wenn Sie etwas mehr Rücksicht aufeinander nehmen würden, so im Alltag. Oder nicht gleich aggressiv zu werden, wenn mal jemand anderer Meinung ist oder den letzten Platz in der Straßenbahn oder so bekommt. Das ist in den heutigen Zeiten ja fast auch schon heldenhaft.

Nein. Ich habe mich heute mit meiner Geschichte hier hingestellt, um Ihnen zu sagen, dass man manchmal etwas Schlimmes zulassen muss. Dass man manchmal all das tun muss, was man sich vornimmt, nie zu machen.

Wegsehen. Laufen. Schweigen.

Und dass das manchmal mehr Mut erfordert als jede Heldentat.

Aber auch, dass man nie davor gefeit ist, sich in einem Menschen zu irren.

Ich irrte mich in Mary Lu Baker.

Und das hätte beinahe dazu geführt, dass die Stadt explodiert.

Sie erinnern sich doch. Das Firmengelände von Mason Industries, letzten Monat, im Norden der

Stadt. Gasleck hieß es. Und Glück, weil nur eine Frau dabei ums Leben gekommen ist. Die anderen Mitarbeiter seien rechtzeitig rausgekommen.

Ich habe sie in Sicherheit gebracht. Alle. Außer Mary.

Die ich geliebt habe.

Ich lernte Mary kennen, weil ich ihr half. Raubüberfall, Downtown. Sie kennen diese Stories. Doch gerade als ich im Begriff war, wie üblich wegzugehen, sprach sie mich an.

„Sie sind der, der allen hilft, nicht wahr? Der, den nie jemand sieht."

Ich drehte mich um, obwohl ich innerlich fast erstarrte. Wie konnte diese Frau mich bemerken?

„Ja", sagte ich wahrheitsgemäß.

„Danke", erwiderte sie und kam auf mich zu. Sie berührte mich am Arm.

„Warum verstecken sie sich?"

„Das tue ich nicht. Ich gehe nur, wenn ich nicht mehr gebraucht werde."

„Vielleicht werden sie ja noch gebraucht."

So begann es. Und jener letzte Satz hätte mich alarmieren sollen, damals schon. Aber ich war geblendet von Mary. Von ihrer Art, ihrem Körper ... diese Frau hatte mich umgehauen. Ihre Berührung mich elektrisiert.

Sie wurde meine Sonne und ich die Motte, die in ihr Verderben flog.

Am Anfang merkte ich es freilich nicht.

Ich half den Menschen weiterhin, unsichtbar und

unbemerkt. Nur, dass ich danach nicht in meine kleine Wohnung schlich, sondern zu Mary Lu ging. Mir meine Belohnung abholte, wie sie es nannte. Ihr Körper war wie eine Droge, von dem ich nie genug bekam.

Eines Morgens bat sie mich um einen Gefallen. Nichts Wildes.

Ich sollte ihren Ex beschatten, einen Labortypen. Sie verdächtigte ihn, ihre beste Freundin Suzie zu daten und befürchtete, dass er sie ebenso mies behandelte wie sie.

Wer kann eine solche Bitte schon abschlagen?

Was war auch dabei?

Wenn der Typ nichts Schlimmes mit dieser Suzie tat, war alles gut. Und wenn nicht – das würde ich dann ja sehen.

Da war nichts. Ich machte Fotos und belauschte Gespräche. Und am Abend breitete ich meine Ergebnisse vor Mary aus, die mir überschwänglich dankte, weil sie sich nun viel weniger Sorgen machen müsste.

So ging es weiter.

Hier jemanden beobachten, dort etwas herausfinden.

Kleinigkeiten. Aber gesammelte Kleinigkeiten konnten zu Monstern heranwachsen.

Das erste Knurren dieses Untiers hörte ich, als ich mich irgendwann ganz unbedarft nach Souzie erkundigte. Wir waren gerade aufgestanden, ich hatte noch den Geschmack von Marys heißen Küssen auf meinen Lippen liegen.

Sie runzelte die Stirn. „Souzie? Wer soll das sein?"

„Deine beste Freundin. Die mit deinem Ex."

„Ach Souzie. Sorry Darling. Ich nenne sie immer anders, das ist so eine Sache zwischen uns – Frauen, du weißt."

Ich nickte, aber ich wusste nicht. Und vor allem: Mein Misstrauen war geweckt. Also ging ich jeden Gefallen durch, den ich Mary getan hatte. Schaute mir die Fotos an, achtete auf jedes Detail.

Am Abend bat Mary mich, im Norden der Stadt meine Streifzüge zu machen. Sie nannte mir bestimmte Straßen.

Sie ahnen es. Es waren genau die, über die sich der Firmenkomplex von Mason Industries ausstreckte.

Ich war dort. Schaute mich um. Natürlich gab es dort keine Menschenseele, der ich hätte helfen können.

Und als ich zurückkehrte, tat ich, was ich am besten konnte.

Ich machte mich unsichtbar.

Wurde zum Lauscher hinter der Tür.

Es war schwer, weil Mary mich eher sehen konnte als andere. Aber es gelang mir.

So hörte ich sie telefonieren. Bekam mit, wie sie Besuch bekam. Sex hatte. Für einen kurzen Moment färbte meine Welt sich Wutrot, und ich musste mich zusammenreißen, nicht in den Raum zu stürmen.

Unsichtbar bleiben. Konzentriert zuhören. Darum ging es in dieser Sekunde. Nicht um mein Gefühlschaos, sondern nur um diese beiden Dinge.

Und meine Selbstbeherrschung wurde belohnt.

Wortfetzen drangen an mein Ohr.

Die Stadt muss brennen. Unsichtbarer Idiot. Pläne und Codes ausgekundschaftet.

Aber ich bin kein Idiot. Ich bin Angel.

Doch manchmal spiegelt mein Name nicht mein Wesen.

Ich lauschte weiter, bis ich dachte, genug zu wissen. Von dem großen Plan. Dem Zeitpunkt. Und allem, was dazu gehörte.

Irgendwann schlich ich mich raus. Unbemerkt. Unsichtbar. Und ich fing an, den Plan zu vereiteln.

Sie wissen, dass es mir gelang. Und dass ich Mary Lu Baker sterben ließ.

Ich hätte sie retten können, ja, falls das Ihre Frage ist.

Aber ich wollte nicht.

Denn sie hätte nie aufgehört. Das hat sie gesagt, als sie mich erkannte, als sie begriff, was ich getan hatte.

Und ich habe ihr geglaubt.

Genauso wie ich ihr die Motive geglaubt habe, die sie hatte.

Der Tod ihrer kleinen Schwester.

Von dieser Firma verschuldet, von der Stadt unter den Teppich gekehrt.

Ja, Tragödien bringen nicht nur Helden hervor.

Sondern viel häufiger noch Schmerz und Wut und Menschen, die diesen Gefühlen Ausdruck verleihen wollen. Manchmal mit Gewalt.

Wissen Sie jetzt, warum ich hier bin? Weswegen ich Ihnen all das erzähle? Hier, bei der Grundsteinlegung der neuen Firmenzentrale von Mason Industries?

Ich sehe vereinzeltes Nicken. Die Erkenntnis, das Begreifen in Augen. Und auch die Schweißperlen des Mannes neben mir.

Benedict Mason-Brown.

Der Chef dieser Firma.

Der Schuld trägt am Tod der kleinen Annabelle Baker und vieler anderer Menschen.

Ich werde ihn jetzt der Polizei übergeben.

Genau wie ich mich stellen werde. Hier und jetzt, denn ich habe ebenfalls ein Leben zu verantworten.

Ich mache mich sichtbar.

Für Sie alle. Für jeden hier.

Vielleicht passen Sie jetzt aufeinander auf. Ich werde es nicht mehr tun.

Die letzte Erinnerung

Katrin Bohnen

Erinnerungen sind mitunter das kostbarste, was der Mensch besitzen kann. Sie machen uns zu dem, was wir sind und was uns prägt. Dazu gehören sowohl positive als auch negative Erlebnisse. Manche Erinnerungen können im Laufe der Zeit verblassen, manche begleiten einen bis zum Lebensende. Was aber wäre, wenn man durch eine einzige Berührung die Erinnerung eines Menschen lesen könnte?

New York

Ob Meg Sullivan mit dieser Fähigkeit bereits geboren worden war, wusste sie nicht. Aber sie konnte sich noch genau an den Tag erinnern, an dem sie sie zum ersten Mal bemerkt hatte.

Es war vor achtzehn Jahren: Damals war sie zehn Jahre alt gewesen und ihr Vater war bei der New Yorker Polizei. Er war ihr Held, weil er böse Menschen festgenommen und die Stadt wieder ein kleines Stückchen sicherer gemacht hatte. Und das Tag für Tag. Natürlich hatte sie gewusst, dass sein Beruf gefährlich war und umso erleichterter war sie gewesen, wenn er abends wohlbehalten zurückgekommen war. Doch an einem Abend war er nicht wieder gekommen, denn ihr Vater war bei einem Einsatz mit Geiselnahme erschossen worden. Er war als Erster vor Ort gewesen und hatte versucht, den Täter zu beruhigen, damit er sich ergab. Der hatte sein Opfer in eine einsame Gasse gezogen und mit einer Pistole bedroht. Anfangs hatte es noch danach ausgesehen, als würde er auf seine Zusprache eingehen. Dann aber waren die Sirenen von herannahenden Streifenwagen erklungen und er war nervös geworden, ein Schuss hatte sich gelöst und ihren Vater getroffen. Der Täter hatte unbemerkt mit der weiblichen Geisel in die Dunkelheit New Yorks flüchten können. Auch die Frau hatte man später tot aufgefunden, ganz im Gegensatz zu dem Täter, den man bis heute nicht hatte finden können.

Nachdem ihr Vater im kleinen, privaten Kreis zu Hause aufgebahrt worden war und sie zum Abschied seine Hand genommen hatte, war ein Gefühl von Angst und Schmerz durch ihren Körper geschossen. Während sich daraufhin ihre Augen geschlossen hatten, war eine Erinnerung wie ein Film vor ihrem inneren Auge abgelaufen. Die ihres Vaters. Seine letzte Erinnerung an die Nacht, in der er erschossen worden war. Und dann sah sie ihn, den Täter, etwas verschwommen, aber erkennbar. Tränen waren ihre Wange hinunter gelaufen. Alles war innerhalb weniger Sekunden geschehen. Ihre Verwandten hatten geglaubt, sie weine um ihren Vater. Verständlich.

Doch was wäre geschehen, wenn sie jemandem von ihrer Vision erzählt hätte? Hätte ihr jemand geglaubt? Sie konnte es ja selbst nicht glauben. Vielleicht war es nur Einbildung gewesen.

Über die Jahre vergaß sie dieses Ereignis und entschied sich, genau wie ihr Vater, für eine Laufbahn bei der Polizei.

Sie wollte nicht, dass es anderen so erging wie ihrer Familie, ein ungeklärter Fall mit einem Täter, der vielleicht immer noch frei herumlief und gegebenenfalls noch andere Opfer hervorgebracht hatte. Nach der Grundausbildung bei der Polizei und einigen Dienstjahren auf einer Polizeiwache, entschied sie sich zur Weiterbildung für die Mordkommission.

Und dort geschah es wieder. Direkt bei ihrem ersten Einsatz. Anfangs lief alles wie immer. Erst die Begehung des Tatorts, dann die Untersuchung des Opfers. Bei der Suche nach Hinweisen berührte sie den Toten nur aus Zufall und da passierte es. Eine Vision. Seine letzte Erinnerung. Und mit ihr alle Emotionen, die er vor seinem Tod empfunden hatte und die sie nun übermannten. Und schließlich sah Meg die Person, die ihn umgebracht hatte. Es war also auch damals bei ihrem Vater keine Einbildung gewesen, sondern real. Panik und Angst stiegen in ihr auf. Sie war nicht normal. So gut es ging versuchte sie den Einsatz zu beenden und sich nichts anmerken zu lassen. Abends kreisten ihre Gedanken um den Tag und die Ereignisse von vor zehn Jahren. Jegliche Ablenkung half überhaupt nicht. Sie wog die Vor- und Nachteile ab. Anfangs dachte sie, die Nachteile würden klar überwiegen, dann erinnerte sie sich an die Erinnerungen des Toten. Meg hatte die Chance, den wahren Täter zu stellen und ihn zur Rechenschaft zu ziehen. So gesehen war ihre Fähigkeit ein Hilfsmittel und kein Fluch.

Sie besaß diese besondere Fähigkeit, ob sie wollte oder nicht. Nach einer etwas unruhigen Nacht entschied sich Meg, ihre Fähigkeit zur Aufklärung der Fälle zu nutzen. Die Vision hatte ihr den entscheidenden Hinweis geliefert und der Täter war der Polizei schon bekannt.

Es war ein leichtes, ihn in der Datenbank wiederzufinden. Kurz darauf konnte er gefasst werden. Aus Angst, vor der Reaktion ihrer Kollegen, verschwieg sie ihre Gabe und beschloss von da an allein zu arbeiten, auch wenn das nicht üblich war. Aber durch ihre Fähigkeit wurde sie zu einer der besten Ermittlerinnen des NYPD und der Captain erlaubte ihr die Alleingänge.

Kam sie nun an einen Tatort, so ging sie den vorgegebenen Vorschriften nach und wenn alles erledigt war, verließ sie entweder als Letzte den Tatort oder bat die Kollegen, für einige Zeit mit der Leiche allein zu sein. War sie es, konnte sie unbemerkt den Toten berühren, um sich seine letzte Erinnerung anzusehen. Danach brauchte sie immer einen Moment, um sich zu erholen. Denn die Gefühle, die dabei durch ihren Körper schossen, zerrten an ihrer Energie.

Je brutaler der Mord, desto größer waren die Schmerzen. Dann folgte die eigentliche Arbeit: Die Recherche, Beweisaufnahme und am Ende den Täter stellen.

Bisher hatte keiner ihrer Kollegen etwas bemerkt. Und so sollte es auch eigentlich bleiben.

Es war noch früh am Morgen, als ihr Handy klingelte.

»Sullivan?«, meldete sie sich noch leicht schläfrig

»Detective Sullivan, wir haben einen Mordfall.«

»Bin unterwegs« antwortete sie und schlüpfte in eine dunkle Jeans, ein helles Oberteil und schwarze Lederjacke.

Ihre brustlangen, bernsteinbraunen Haare band sie schnell zu einem hohen Pferdeschwanz zusammen. Bevor sie in ihren Wagen stieg, holte sie sich noch schnell einen Becher Cappuccino aus dem kleinen Kiosk direkt gegenüber. Ohne einen Kaffee am Morgen ging gar nichts.

Als sie am genannten Tatort eintraf, begrüßte sie wie immer die Kollegen mit einem leichten Nicken. Dabei sah sie ein neues Gesicht in der Runde. Der Mann hatte kurze, dunkelbraune, fast schwarzwirkende Haare, die er leicht gegelt hatte und seine dunkelbraunen Augen schauten sie interessiert an. Er trug einen leichten, gut gepflegten Oberlippen- und Kinnbart.

Seine Figur war sportlich und muskulös, zumindest was sie unter seiner Jacke erahnen konnte.

Er streckte ihr seine Hand entgegen und stellte sich vor.

»Detective Sullivan, mein Name ist Detective Josh Baker. Freut mich, Sie kennenzulernen«, begrüßte er sie mit einem leichten Lächeln im Gesicht. »Ich freue mich schon sehr auf unsere gemeinsame Zusammenarbeit!«

Vor lauter Schreck geriet ihre ebenfalls ausgestreckte Hand kurz vor der seinen ins Stocken.

»Zusammenarbeit? «, fragte sie argwöhnisch.

»Ja, kam von ganz oben. Ab heute bin ich Ihr Partner«, erwiderte Detective Baker

»Sie sind was? Mein Partner? Unmöglich! Ich arbeite immer alleine und das wissen alle hier«, protestierte Meg nun leicht gereizt.

Die Kollegen wussten schon, was jetzt kommen würde, und brachten sich in Sicherheit.

»Ob Sie wollen oder nicht, ich bin Ihnen zugewiesen worden«, konterte Detective Baker und verschränkte dabei seine Arme vor der Brust, wobei seine Muskeln sich leicht abzeichneten.

Sie erinnerte sich an ein Gespräch, welches sie vor Wochen mit Captain Holt geführt hatte.

Er hatte sie in sein Büro zitiert und ihr nahe gelegt, einen Partner zu suchen. Doch sie war dagegen. Er hatte ihr erklärt, dass es notwendig sei und er jemanden geeignetes finden würde. Sichtlich genervt hatte sie das Büro verlassen. Da sich danach nichts getan hatte, war sie davon ausgegangen, dass sich das Thema erledigt hätte. Anscheinend nicht.

»Glauben Sie mir, das war nicht mein Wunsch«, entgegnete Meg genervt und ging Richtung Gebäude, um zu dem Tatort in den obersten Stock zu fahren.

Er folgte ihr und beide betraten den Aufzug. Sie standen nah beieinander und Meg bemerkte, dass Detective Baker gut einen halben Kopf größer war als sie.

»Das mag sein, aber ich bin nun mal hier. Als Ihr Partner. Erstaunlich, dass Sie überhaupt so lange allein ermitteln durften. Normalerweise ist man immer zu zweit. Sehen Sie es als Hilfe an und nicht als Ärgernis«, unterbrach er ihren Gedankengang während der Aufzug nach oben fuhr.

Meg wurde immer wütender. Sie zog sich ihre Gummihandschuhe an und die Tür des Aufzugs öffnete sich. »Ich brauche keine Hilfe, Detective Baker. Und schon gar nicht von Ihnen. Ich bin bis jetzt perfekt allein zurechtgekommen«, brummte Meg schnippisch an ihn gewandt und trat aus dem Fahrstuhl, ohne ihn weiter zu beachten. Als er ebenfalls aus dem Fahrstuhl trat, hörte sie ihn murmeln.

»Na das kann ja heiter werden.«

Beide betraten die Wohnung des Opfers. Sie war hell und modern mit gemütlichen Polstermöbeln eingerichtet. Einige Bilder hingen an der Wand oder standen auf kleinen Tischen.

Die Spurensicherung war bereits vor Ort, genau wie Dr. Gillen, der Gerichtsmediziner.

Meg fand ihn im Wohnzimmer, sein Rücken spiegelte sich in der Balkontüre. Als sie um das Sofa herumtrat, hinter dem er kniete, konnte sie die Leiche eines älteren Herrn sehen. Er lag auf dem Rücken, die Arme und Beine ausgestreckt. Seine Brust war voller Blut, eine weitere Lache hatte sich auf dem Teppich ausgebreitet. Davon ausgehend, dass der Fleck schon sehr trocken war, musste er schon länger hier liegen. Entweder war Dr. Gillen noch nicht dazu gekommen, seine Augen zu schließen, oder es hatte andere Gründe, jedenfalls starrten die trüben Augen des Toten an die Decke.

Der Raum selbst war verwüstet. Bücher und Briefe waren auf dem Teppich verteilt, Kisten aus den Regalen gerissen worden, die Vase auf dem Beistelltisch war umgekippt und Teile der Blumen lagen verstreut auf dem Boden. Vielleicht war es zu einem Kampf zwischen Täter und Opfer gekommen? Womöglich ein Raubüberfall?

»Guten Morgen, Dr. Gillen«, begrüßte Meg den Gerichtsmediziner und gab ihm die Hand.

Detective Baker begrüßte ihn ebenfalls und stellte sich neben Meg.

»Was haben Sie heute für mich?«

»Guten Morgen, Detective Sullivan. Wir haben eine männliche Leiche, 1,85 m groß, um die 70 Jahre alt, mit mehrfachen Stichen in der Brust. Vermutlich durch einen schmalen, spitzen Gegenstand ausgeführt. Die Totenflecke weisen auf einen Todeszeitpunkt vor etwa zehn bis dreizehn Stunden hin. Genaueres kann ich Ihnen erst später sagen«, berichtete er Meg.

»Danke, Dr. Gillen«, gab Meg zurück. »Was wissen wir sonst noch?«, fragte sie in die Runde.

»Der Mann heißt Frank Church, ehemaliger Manager und lebte allein hier. Seine Frau ist vor zwei Jahren an Krebs verstorben. Er hinterlässt zwei Kinder. Lebte schon seit über zehn Jahren hier und war laut Aussagen seiner Nachbarn immer ein ruhiger und hilfsbereiter Bewohner. Die Nachbarn direkt gegenüber sind im Urlaub, so dass niemand etwas gehört hat. Von der Tatwaffe fehlt bis jetzt jede Spur.«

»Aufgrund der Verwüstung können wir einen Raubüberfall nicht ausschließen. Die Kollegen sollen die Kinder informieren, damit sie sich den Tatort genauer anschauen können. Vielleicht fällt ihnen auf, ob was fehlt. Sind alle Spuren soweit gesichert?«

»Ja, Detective Sullivan«, gab der Kollege zurück.

»Gut, dann würde ich Sie alle bitten den Raum für ein paar Minuten zu verlassen.

Ich möchte mich noch mal allein in Ruhe umschauen, bevor die Leiche abgeholt wird.«

Die üblichen Kollegen kannten diese Vorgehensweise von ihr und verließen den Raum zügig, jedoch nicht Detective Baker. Er blieb weiterhin neben ihr stehen.

»Damit sind auch Sie gemeint. Bitte verlassen Sie den Raum.«

»Warum?«, fragte Baker verwundert zurück.

»Weil ich das immer so mache. Ich brauche einfach noch mal ein paar Minuten für mich, um mir einen genauen Überblick zu verschaffen. Und das habe ich bis jetzt immer alleine gemacht, so auch heute«, entgegnete Meg genervt zurück.

»Mag sein, aber da hatten sie auch noch keinen Partner. Jetzt schon. Und als Partner arbeiten wir zusammen. Also, warum ist das so ein Problem für Sie?«

„Ich habe meine Routine und würde diese zumindest heute noch gerne beibehalten.«

Was bildete dieser Kerl sich ein?

»Na schön. Aber beim nächsten Mal werden Sie mich nicht so schnell los. Ich bin bei den Kollegen und hole mir noch weitere Informationen. Wir sehen uns unten«, brummte Baker und gab sich widerwillig geschlagen.

»Gut «, erwiderte Meg knapp.

Detective Baker ging aus dem Wohnzimmer. Als er an der Haustüre war, hörte sie ihn noch leise `Kratzbürste´ murmeln und schloss diese dann. Endlich war sie allein. Nun konnte sie anfangen.

Sie ging neben dem Toten in die Hocke und zog einen ihrer Handschuhe aus. So viele Tote sie auch in ihrer Laufbahn bereits gesehen hatte, der Anblick war für sie immer noch merkwürdig und erschütternd zugleich.

Sie berührte den Mann leicht am Ärmel und spürte, wie ihre Gabe durch ihren Körper floss.

Schemenhaft setzten sich die Bilder seiner letzten Erinnerung langsam zusammen. Sie konnte einen Mann Mitte 40 erkennen. Er war zornig, sprach viel und schnell. Der Tote war ebenfalls wütend und gab dem Mann Konter. In seiner Wut fegte der Fremde die Briefe vom Tisch und packte dann den Toten mit beiden Händen am Kragen, um ihm zu drohen. In sei-

33

nen Augen lag Hass, purer Hass. Der Tote schubste ihn von sich weg und baute sich vor ihm auf, streckte den Arm aus und zeigte auf die Türe, als wollte er ihn der Wohnung verweisen. Anscheinend war das für den Fremden zu viel. Er griff nach einem langen, silberfarbenen Brieföffner auf dem Wohnzimmertisch und stieß in den Körper des Älteren. Mit jedem weiteren Stich in den Körper konnte man die Wut des Fremden spüren. Viel deutlicher aber spürte Meg die Empfindungen des Toten. Seine Angst und die Verwunderung. Den Schmerz. Und dann war es vorbei. Die Erinnerung endete.

Megs Körper zitterte und ihr Atem ging schneller. Übelkeit stieg in ihr hoch. Es war immer schlimm, die Erinnerungen anderer zu spüren. Aber diese war bis jetzt ihre Stärkste gewesen. Wie viel Hass musste in dem Fremden gewesen sein?

Sie ging zur Balkontüre, öffnete sie und trat für einen kurzen Moment hinaus. Von dort hatte man einen wunderbaren Ausblick auf die Stadt. Meg atmete mehrmals tief ein und aus, um gegen die Übelkeit anzugehen.

Eins stand fest. Das Opfer hatte seinen Mörder gekannt. Es war etwas Persönliches gewesen.

Meg verließ die Wohnung und trat zu den Kollegen, die draußen noch warteten.

Sie gab dem Gerichtsmediziner das Zeichen, dass die Leiche nun in die Gerichtsmedizin gebracht werden konnte.

Meg selbst nahm den nächsten Aufzug nach unten und trat auf die Straße. An einem der Wagen stand

Detective Baker lässig mit verschränkten Armen. Als er Meg sah, stieß er sich vom Wagen ab und trat auf sie zu.

»Und, neue Erkenntnisse erhalten?«

»Nein«, antwortete Meg nur kurz zurück.

Sie wollte schon zu ihrem Wagen gehen, als Detective Baker sie ansprach.

»Alles in Ordnung bei Ihnen?«

»Ja, warum denn nicht?«

»Sie sehen müde aus und sind ganz blass im Gesicht. Als würde es Ihnen nicht gut gehen.«

»Mir geht es gut«, versicherte Meg

»Na dann…«, sagte Detective Baker und machte sich auf zu seinem Wagen. Er glaubte ihr nicht. Das sah sie in seinen dunkelbraunen Augen. Zwar lag auch Besorgnis in seinem Blick, vor allem aber Wachsamkeit. Und das konnte ihr gefährlich werden.

Kaum waren sie auf der Wache eingetroffen, führte der erste Weg von Meg in die Küche.

Sie brauchte dringend einen Kaffee. Die Kälte der Erinnerung steckte ihr immer noch in den Knochen. Der Kaffee war zwar nicht wirklich genießbar, aber besser als gar nichts.

Zu ihrem Glück war bereits frischer Kaffee aufgebrüht. Sie machte sich gerade eine große Tasse fertig, als die tiefe Stimme von Captain Holt durch die Büroräume hallte.

»Detectives Sullivan und Baker. In mein Büro!«

Na toll…Das hatte ihr gerade noch gefehlt, der Tag würde wohl nicht mehr besser werden.

Baker kam zuerst im Büro an, Meg mit ihrer Tasse Kaffee hinterher.

Captain Holt saß bereits an seinem breiten Schreibtisch aus dunklem Holz, auf dem sich mehrere Aktentürme stapelten.

»Nehmen Sie Platz«, forderte der Captain sie auf und deutete auf die beiden Stühle vor dem Schreibtisch. Die ersten Worte waren an Meg gerichtet.

»Detective Sullivan, wie ich sehe, haben Sie Detective Baker bereits kennengelernt.«

»Allerdings «, murrte Meg ernst zurück und trank einen Schluck von ihrem bitteren Kaffee.

Sie spürte, wie die Wärme langsam in ihren Körper zurückkehrte.

»Ich weiß, dass Sie nicht begeistert sind. Dieses Gespräch hatten wir ja bereits. Aber die Vorschriften haben sich verschärft. Es wird mehr kontrolliert, ob alles eingehalten wird. Daher war es zwingend notwendig. Außerdem kann es auf Dauer nicht gut für sie sein, allein zu arbeiten. Detective Baker hat hervorragende Referenzen und ist vor kurzem hierher gezogen. Ich bin mir sicher, dass Sie beide ein gutes Team bilden werden.«

»Sir, bei allem Respekt. Ist das wirklich notwendig?«, fragte Meg mit letzter Hoffnung in der Stimme.

»Die Entscheidung ist gefallen und Sie haben sich dem zu beugen. Sie beide arbeiten zusammen und das als Team. Sollte ich mitbekommen, dass dem nicht so ist, wird es Konsequenzen geben. Verstanden?«, sagte der Captain bestimmend.

»Ja, Sir«, gab Meg widerwillig zurück.

Sie musste sich geschlagen geben, fürs erste.

Danach stand sie auf und kehrte in den Büroraum zurück, ohne abzuwarten ob der Captain noch was sagen wollte, geschweige denn Detective Baker eines Blickes zu würdigen.

Leicht genervt ging sie zu ihrem einzigen Verbündeten. Nate. Nicht viel älter als sie, ein absoluter Technikfreak und ein Ass, wenn es darum ging, an sämtliche Informationen aus dem Internet zu kommen. Immer wenn Meg eine neue Erinnerung gesehen hatte und Informationen brauchte, richtete sie sich an ihn. Meistens hatte er nach wenigen Stunden schon die ersten Informationen für sie. Sein Schreibtisch befand sich etwas abseits von den anderen.

»Nate«, begrüßte Meg ihn kurz.

Nate, schlank, mit schwarzen, lockigen Haaren und Brille auf der Nase, schaute von seinem Bildschirm auf und als er sie sah, legte sich ein freudiges Lächeln auf seine Lippen.

»Meg, meine geheimnisvolle Kollegin. Was kann ich heute für dich tun? Wen darf ich ausspionieren oder anzapfen?«, hakte er schelmisch nach.

»Es geht um eine Recherche. Heute Morgen haben wir die Leiche von Mr. Church gefunden. Ehemaliger Manager. Ich brauche sämtliche Informationen über seine Familie.«

»Geht klar, so gut wie erledigt«, meinte Nate und wandte sein Gesicht direkt dem Bildschirm zu.

Er war schon im Suchmodus.

`Der erste Schritt ist gemacht´, dachte Meg.

Sobald Nate die wichtigsten Informationen hatte, konnte ihre eigentliche Arbeit beginnen. Die Suche nach Motiv und Beweisen. Obwohl sie direkt die Erinnerung der Toten sah und wusste wer der Mörder war, ohne hieb und stichfeste Beweise half ihr dieses Wissen gar nichts.

Meg begab sich zurück an ihren Schreibtisch, um die ersten Indizien vom Fall aufzuführen.

Sie bemerkte, dass am Schreibtisch ihr gegenüber Detective Baker seinen Platz eingenommen hatte. Sie würde weiterhin für sich arbeiten und gegenüber Baker gute Miene zum bösen Spiel machen müssen.

Es waren erst zwei Stunden vergangen, als Nate sie zu sich bat.

»Was hast du für mich?«, fragte sie neugierig.

»Eine ganze Menge. Mr. Church war, wie du weißt, ehemaliger Manager einer großen Firma hier in New York. Er hat zwei Kinder. Die Tochter, Maddy Church, 45 Jahre alt, arbeitet erfolgreich als Unternehmensberaterin, ist verheiratet und hat zwei Kinder im Alter von 12 und 8 Jahren. Keine besonderen Vorkommnisse.«

Während seines Vortrags tauchten mehrere Bilder auf seinem Bildschirm auf, die eine fröhliche, nette Frau und ihre Familie zeigten.

»Interessant wird es beim Sohn. Dexter Church, 42 Jahre alt, wirkt wie das schwarze Schaf der Familie. Er hat über viele Jahre mehrere Studiengänge und Jobs angefangen und wieder verworfen. Angefangen mit BWL, dann hat er es mit Jura versucht, bis es mit Architektur zu Ende ging. Alles immer nur für drei bis vier Semester. Schließlich versuchte er in verschiedenen Firmen Fuß zu fassen, was ihm nicht gelang. Als letztes hat er versucht, sich mit einer Import- und Exportfirma selbständig zu machen. Nach nicht mal einem Jahr ging die Firma allerdings Pleite. Mit hohen Schulden. Dexter Church musste Privatinsolvenz anmelden. Es ist bekannt, dass er seinen Vater schon mehrmals um finanzielle Unterstützung gebeten hat. Jedoch ohne Erfolg. Bei seinem Vater biss er auf Granit. In einem Interview sagte Frank Church einmal, dass man nur durch harte Arbeit und viel Geduld erfolgreich sein kann. Er selbst kam aus einer nicht wohlhabenden Familie, war aber schon immer intelligent und brachte es mit Fleiß zu einem erfolgreichen Manager. Das Verhältnis zwischen Vater und Sohn war schon immer sehr angespannt. Teilweise war der Kontakt ganz abgebrochen. Dexter soll versucht haben, den Ruf seines Vaters durch falsche Behauptungen und Fehler in seiner Arbeit zu schädigen. Doch nichts zeigte Wirkung. Danach hatte man lange nichts mehr von ihm gehört. Aktuell scheint er bei einem kleinen Lieferservice zu arbeiten. Gesellschaftlich ein totaler Absturz. Wenn du mich fragst, genügend Gründe und Wut, um vielleicht einen Mord zu begehen.«

Auch von Dexter Church erschienen Bilder und Unterlagen auf Nates Bildschirm. Sofort erkannte sie sein Gesicht wieder. Der Mann aus der Erinnerung. Es war also der eigene Sohn. Unglaublich, aber nichts, das Meg in all den Jahren nicht schon gesehen hatte. Und nach dem, was Nate ihr erzählt hatte, musste Dexter eine immense Wut in sich getragen haben. Vielleicht erhoffte er sich ein großzügiges Erbe, wenn sein Vater erst mal tot war, womit er wieder auf die Füße kam.

»Allerdings. Ich danke dir Nate. Hast du zufällig die...«

Meg hatte die Frage noch nicht ganz zu Ende gestellt, als er ihr grinsend eine Mappe reichte.

»...Unterlagen ausgedruckt« beendete sie noch ihren Satz, jetzt ebenfalls mit einem Lächeln.

»Ich kenne dich doch«, zwinkerte Nate ihr zu.

»Scheint so. Irgendwie gruselig«, spottete sie zurück und nahm die Mappe mit den Informationen entgegen.

»Habe gehört, dass du jetzt einen Partner hast?«

»Leider ja. Und ich kann nichts dagegen machen. Anweisung vom Captain.« gab Meg zurück

»Hart. Und wie willst du in Zukunft deine kleinen Alleingänge geheim halten?« fragte Nate

»Das weiß ich auch noch nicht. Das wird mir noch einiges Kopfzerbrechen einbringen. Wichtig ist nur, dass du Baker gegenüber nichts von meinen Alleingängen erzählst. Dieser hier ist zwar so gesehen keiner, die Familie wird ja immer durchleuchtet, aber es werden andere kommen. Kann ich mich da auf dich verlassen?«, erkundigte sie sich mit ernstem Blick an ihn.

»Ich schweige wie ein Grab«, meinte Nate.

»Ich weiß das zu schätzen. Danke für die Recherche«, sagte Meg und verabschiedete sich, um an ihrem Schreibtisch die Informationen noch mal in Ruhe zu lesen. Der restliche Tag endete ohne große Ereignisse mit Papierkram erledigen und Beweismittel auswerten.

Am nächsten Tag fand die Befragung der Hinterbliebenen statt. Beide wurden in einen kleinen Raum gebeten. Sie und Detective Baker übernahmen gemeinsam die Befragung.

Während Meg auf einem Stuhl gegenüber Platz nahm, blieb Detective Baker stehen und lehnte sich an die Wand hinter ihr. Sie begann das Verhör mit den üblichen Fragen, Baker erkundigte sich hin und wieder nach Einzelheiten:

Wann hatten sie ihren Vater das letzte Mal gesehen? Hatte er vielleicht Feinde, die als Täter in Frage kamen? Hatte in der Wohnung etwas gefehlt? Beide bejahten diese Frage.

Tatsächlich waren einige wertvolle Schmuckstücke ihrer verstorbenen Mutter sowie andere kleinere Kunstgegenstände verschwunden.

`Interessant´, dachte Meg, `der Sohn versucht es wie einen Raubüberfall aussehen zu lassen, um vom eigentlich Geschehen abzulenken.´

Bis jetzt verhielten sich beide völlig normal. Beide sahen bedrückt und bestürzt aus. Maddy Church kamen ab und an die Tränen. Alles Anzeichen einer trauernden Person. Dexter Church verhielt sich ebenfalls der Situation entsprechend, da er ebenfalls einen traurigen Ausdruck im Gesicht hatte und seine Schwester ab und an tröstete. Meg wollte einen Schritt weitergehen, um ihn vielleicht aus der Reserve zu locken.

41

Meg fragte nach dem Verhältnis zum Toten. Maddy Church berichtete von einer liebevollen Verbindung zu ihrem Vater. Sie hatten sehr engen Kontakt zueinander gehabt, er war oft zu Besuch gewesen und hatte seine beiden Enkel über alles geliebt. Während Maddy Church berichtete, beobachtete Meg Dexter Church. Seine Mimik veränderte sich nur minimal, aber genug, dass sie erkannte, dass Wut in ihm schlummerte. Detective Baker schien dies nicht zu bemerken, war er doch zu sehr auf die Aussage von Maddy konzentriert.

Nach der Aussage von Maddy richtete Meg die gleiche Frage auch an Dexter.

Er hielt sich kurz, sprach von einem guten Verhältnis mit kleinen Reibereien, was aber laut ihm völlig normal war bei Vater und Sohn.

»Mr. Church, laut unseren Akten scheinen Sie bisher nie lange in einem Beruf oder Studium geblieben zu sein. Und vor kurzem haben Sie mit Ihrer Firma sogar Privatinsolvenz anmelden müssen. Was hat Ihr Vater dazu gesagt?«

Sie wusste, dass es unklug war, diese eben gewonnen Informationen nicht sofort an Detective Baker weitergeleitet zu haben. Er würde sich bestimmt fragen, woher sie diese hatte. Aber das war ihr in diesem Moment egal. Sie wollte den Fall so schnell wie möglich aufklären.

»Natürlich war mein Vater nicht glücklich über meinen beruflichen Werdegang. Aber er hatte es akzeptiert.«, knurrte er leicht gereizt zurück.

»Danke«, gab sie mit einem Lächeln zurück.

»Bitte halten Sie sich für weitere Fragen bereit, falls uns noch was einfallen sollte«, sagte Meg an beide gerichtet bevor sie den Raum verließen.

Nachdem die beiden den Raum verlassen hatten, wollte Meg ebenfalls gehen, doch Detective Baker stellte sich ihr mit verschränkten Armen in den Weg.

»Was sollte das eben?«

»Ich weiß nicht, was Sie meinen. Das war eine ganz normale Befragung«, stellte Meg klar und wollte rechts an Detective Baker vorbei, jedoch ohne Erfolg.

»Sie wissen, was ich meine. Warum haben Sie mir die Informationen nicht vorher mitgeteilt?«

»Ich weiß nicht, ob Sie es wissen. Es gibt so eine tolle Erfindung, die sich das Internet nennt. Und wir als Behörde haben noch weitaus mehr Möglichkeiten als der normale Bürger. Man muss sie nur nutzen, Detective Baker«, betonte sie siegessicher zurück und ging nun links an ihm vorbei, um endlich den Raum verlassen zu können.

Als sie fast durch die Türe war, umklammerte die Hand von Detective Baker ihren Oberarm.

»Spinnen Sie? Lassen Sie mich los!«, fauchte sie wütend zurück und blickte ihn dabei finster an.

»Noch einmal. Ob Sie wollen oder nicht. Wir sind jetzt Partner und damit hätten Sie mir die Informationen vorab geben müssen. Sie haben Captain Holt gehört. Sollten Sie nicht kooperieren, gibt das Konsequenzen. Möchten Sie das wirklich?«, gab er mit ernstem Blick zu Bedenken.

Sie hatte nicht bemerkt, wie nah Baker ihr gekommen war, während er sie eindringlich ansah. Diese Nähe machte ihr auf eine merkwürdige Weise Angst, und sie machte einen Schritt zurück.

»Wie schon gesagt, ich habe meine Gründe! Und jetzt lassen Sie mich los, wir haben einen Fall zu lösen.«

Für ein paar Sekunden schauten sich die beiden noch schweigend in die Augen, dann spürte Meg wie die Hand von Detective Baker sich langsam von ihrem Arm löste. Hastig verließ sie den Raum ohne ein weiteres Wort. Kaum war sie wieder an ihrem Schreibtisch, klingelte ihr Telefon.

»Sullivan «, rief sie etwas zu barsch ins Telefon.

»Detective Sullivan, Dr. Gillen hier. Ich bin mit der Obduktion nun fertig. Wenn Sie möchten, können Sie gerne vorbeikommen.«

»Danke, Dr. Gillen. Bin gleich da.«

Nachdem sie aufgelegt hatte, bemerkte sie, dass Baker wieder an seinem Schreibtisch war. Er hatte recht, ob sie wollte oder nicht, sie hatte ihn jetzt am Hals. Und das würde es ihr immer schwerer machen, ihr Geheimnis zu bewahren. Sie musste ihn irgendwie in Sicherheit wiegen, sonst lief sie Gefahr, dass er Captain Holt Bericht erstattete. Und die Konsequenzen wollte sie unbedingt vermeiden. Also schnappte sie sich ihre Lederjacke und trat auf Baker zu.

»Soeben hat Dr. Gillen angerufen. Er ist fertig mit der Obduktion. Wir können vorbeikommen.«

Etwas überrascht sah Baker sie an, damit hatte er offenbar nicht gerechnet nach ihrer kleinen

Auseinandersetzung. Er nickte und griff ebenfalls nach seiner Jacke, um mit ihr gemeinsam in die Pathologie zu fahren.

Dr. Gillen wartete bereits auf sie. Der Raum war recht groß, weiß gekachelt und akkurat sauber. In der Mitte befanden sich drei Metalltische, auf denen die Leichen seziert wurden. Hinter den Metalltischen befanden sich die Kühlkammern. Auf einem der Tische lag die Leiche von Mr. Church mit einem weißen Laken bedeckt.

»Ah, da sind sie ja.« begrüßte er sie und schlug den Stoff bis zur Hüfte zurück.

Mr. Churchs Haut war noch blasser als am Tatmorgen, seine Augen mittlerweile geschlossen. Der Körper war gereinigt worden und man konnte die Menge der Einstiche deutlich erkennen. Teils waren blaue bis blau-violette Flecken zu sehen.

»Hallo, Dr. Gillen. Das ging aber schnell.«

»Ja, war auch eindeutig für mich. Wie ich schon am Tatort festgestellt habe, wurde der Tote mit einem schmalen, spitzen Gegenstand umgebracht. Vermutlich mit einer zweiseitigen Klinge, etwa 24 cm lang, acht bis zehn Einstiche in den Torso, mit Verletzungen der Leber und Lunge, einer tödlich ins Herz. Wäre er nicht durch den Stich im Herzen gestorben, dann spätestens an den inneren Verletzungen. Keine Vorerkrankungen oder ungewöhnliche Substanzen in seinem Körper. Anhand der Todesflecken liegt der Zeitpunkt des Todes zwischen 19 Uhr und 21 Uhr. Wir haben unter den Fingernägeln Reste von Fasern gefunden«, beendete Dr. Gillen seine Analyse und reichte ihnen die Untersuchungsergebnisse.

»Vielen Dank für Ihre schnelle Arbeit, Dr. Gillen«, antwortete Meg und nahm die Mappe mit den Ergebnissen entgegen.

Sie wandte sich ab und machte sich auf Richtung Ausgang. Detective Baker folgte ihr.

»Und nun?«, fragte er. Sie waren wieder am Wagen angekommen und Detective Baker äußerte, dass er fahren wolle.

»Nun statten wir Dexter Church einen Besuch ab«, verkündete Meg und stieg in den Wagen.

»Warum Dexter Church? Er war doch heute erst auf dem Revier«, entgegnete Baker verwundert und startete den Wagen.

Die Adresse von Dexter Church hatten sie aus den Unterlagen.

»Ich glaube, er hat was damit zu tun. Ich nehme ihm nicht ab, dass sein Vater seine ganzen Ausrutscher einfach so hingenommen hatte. Während seiner Aussage stand deutlich Wut in seinen Augen. Außerdem hat er immer wieder versucht, den guten Ruf seines Vaters zu schädigen. Zudem hat er einen Haufen Schulden durch seine Insolvenz. Und sein Vater hat ihm nicht geholfen, obwohl er es gekonnt hätte. Für mich ein starkes Motiv.«

Jedes Wort, das sie sagte, lag ihr sauer auf der Zunge. Ihre Hoffnung bestand darin, dass Baker seine Neugier zügeln würde, sobald der Fall gelöst war und sie mit ihm kooperiert hatte. Hundertprozentig sicher konnte sie allerdings nicht sein.

»Dann fühlen wir ihm mal etwas auf den Zahn«, bekräftigte Baker als Antwort.

Die restliche Fahrt über schwiegen sie. Nach einer guten halben Stunde Fahrt, erreichten Sie den Wolkenkratzer, in dem Dexter Church laut ihren Angaben wohnen sollte. Die Gegend sowie das Gebäude wirkten trist und ungepflegt.

´Was für ein Abstieg´, dachte Meg bei sich, ´vom Studenten zum Besitzer einer kleinen Firma bis zu diesem Ort.´

Baker drückte die Klingel und kündigte sie durch die Sprechanlage an, nachdem Church jr. sich gemeldet hatte. Sie fuhren in den 13. Stock. Dexter Church erwartete sie an der Haustür.

»Detectives. Bin überrascht, Sie beide so schnell wiederzusehen«, begrüßte er sie mit einem Händedruck.

Er trat zur Seite, um sie in die kleine, voll gestellte Wohnung zu lassen. Church trug nicht mehr Jeans und Hemd, wie vorhin auf dem Revier, sondern eine schwarze Jogginghose und ein einfaches T-Shirt.

»Setzen Sie sich. Möchten Sie auch etwas trinken?«, fragte er.

Sie lehnten höflich ab. Kurz darauf erschien Dexter wieder im Wohnzimmer mit einem Glas Wasser und nahm im Sessel ihnen gegenüber Platz.

»Also, was führt Sie zu mir?«

»Wir sind hier, um Ihnen die neusten Erkenntnisse mitzuteilen. Die Obduktion hat bestätigt, dass Ihr Vater durch einen Stich ins Herz getötet wurde«, erklärte Detective Baker.

»Wie furchtbar«, erwiderte Dexter Church traurig.

»Verstehen Sie die nächste Frage bitte nicht falsch. Aber wir müssen diese aufgrund der Vorschriften stellen. Wo waren Sie gestern Abend zwischen 19 Uhr und 21 Uhr?«, hakte Baker nach.

»Warum fragen Sie? Verdächtigen Sie mich etwa?«, zischte Dexter Church nun leicht verärgert.

»Reine Vorschrift«, gab Baker locker zurück.

»Ich war den ganzen Abend hier. Habe mir eine interessante Doku über Wirtschaft und Gründung angesehen.«

»Kann jemand bezeugen, dass sie hier waren?«, wollte Baker genauer wissen.

»Hier in der Wohnung war niemand. Aber die Wände sind sehr hellhörig, den Fernseher hört man bis auf den Flur. Und auch, wenn die Tür auf- und zugeht. Meine Nachbarn sind immer sehr neugierig. Sie hätten mitbekommen, wenn ich das Haus verlassen hätte.«

»In Ordnung. Wir werden das überprüfen.«

»Tun Sie das«, konterte Dexter Church herausfordernd.

Eines musste man ihm lassen, er wirkte selbstsicher. Er glaubte sich wohl in Sicherheit.

»Das war es auch schon, Mr. Church. Entschuldigen Sie die Störung«, warf Meg schnell ein und stand bereits auf.

Detective Baker tat es ihr gleich

»Keine Ursache«, hörten sie Dexter Church noch sagen, bevor sie durch die Türe nach draußen traten.

Nachdem sie draußen waren, klingelten sie auch schon bei den Nachbarn und befragten diese zu dem gestrigen Abend. Sie erzählten von dem laufenden Fernseher und einem Telefonat, welches sie teilweise mitbekommen hatten. Es ging anscheinend recht lange, fast eine Stunde, von etwa 20 bis 21 Uhr.

Wie Mr. Church gesagt hatte, waren die Wände in diesem Haus sehr dünn. Sie hätten gehört, wenn er nach draußen gegangen wäre.

»Anscheinend war Mr. Church wirklich den ganzen Abend zu Hause gewesen«, schlussfolgerte Meg.

»Sieht ganz danach aus«, gab Baker nachdenklich zurück.

Beide machten sich wieder auf Richtung Wagen, als Baker eine Idee kam.

»Vielleicht sind die Nachbarn des Toten mittlerweile aus dem Urlaub zurück und können uns weiterhelfen?«

Meg bezweifelte zwar, dass ihnen das helfen würde, aber Schaden konnte es nicht. Darum willigte sie ein.

Sie hatten Glück, die Nachbarn, Mr. und Mrs. Ruperts, waren wirklich seit gestern wieder aus dem Urlaub zurück. Im Laufe des Gesprächs wurde klar, dass Mr. Church und sein Sohn wirklich Probleme hatten. Die Nachbarn hatten oft mitbekommen, wie sie im Streit auseinander gegangen sind. Aber wirklich weiter hatte sie das Gespräch leider nicht gebracht.

Kurz vor der Verabschiedung beteuerte Mrs. Rupert noch ihr Beileid und wie schlimm sie das alles findet, war Mr. Church doch immer ein sehr netter

Nachbar gewesen und wie glücklich sie sich schätzte, eine Überwachungskamera an der Haustüre zu haben, hatte man doch schon mal versucht bei Ihnen einzubrechen. Aber einen Mord hätte sie sich in diesem Haus nie vorstellen können.

Meg stoppte auf dem Weg zur Türe.

»Moment. Sie sagen, Sie haben eine Überwachungskamera an der Türe? Lief die auch, während Sie in Urlaub waren?« hakte Meg erwartungsvoll nach.

»Ja, natürlich. Warum fragen Sie?«

Jetzt klinkte sich auch Detective Baker mit ein.

»Wo werden die Aufnahmen denn gespeichert?«

»Na, im Computer. Heute läuft ja alles nur noch digital«, antworte Mr. Rupert jetzt für seine Frau.

»Dürfen wir uns die Aufnahmen ansehen? Vielleicht hilft uns das weiter.«

»Natürlich. Moment ich hole schnell den Laptop« antwortete Mr. Rupert und verschwand kurz im Büro, bevor er mit dem Laptop wieder im Wohnzimmer erschien.

Und tatsächlich. Die Kamera hatte am Tatabend aufgezeichnet. Man konnte deutlich die Haustüre von Mr. Church erkennen und wie jemand mit einem dunklen Kapuzenpulli die Wohnung gegen 20.30 Uhr betrat. Das Gesicht war da noch nicht zu erkennen, nur die Rückenansicht. Beim Verlassen der Wohnung, circa 20 Minuten später, hatte die Person die Kapuze nicht mehr auf und man konnte die Züge eines Mannes erkennen. Allerdings nicht, ob es sich sicher um Dexter Church handelte. Dafür war der Abstand zu groß. Detective Baker sicherte die Aufnahmen, damit Nate sie technisch überarbeiten konnte.

Nach der Befragung der Nachbarn fuhren Meg und Baker zurück zum Revier. Mittlerweile war es später Abend geworden. Sie brachten die Aufnahmen noch zu Nates Arbeitsplatz, verabschiedeten sich kurz, dann stieg Meg in ihren Wagen und fuhr nach Hause. Dort ging ihr der Tag immer wieder durch den Kopf. Die Sache mit einem Partner auf der Arbeit würde ein echtes Problem darstellen. Sie musste noch vorsichtiger sein als bisher. Gedankenverloren kuschelte sich Meg in ihre Sofadecke, während irgendwas Belangloses im Fernsehen lief. Die Nacht über schlief sie unruhig. Immer wieder kreisten ihre Gedanken von dem jetzigen Fall zu ihrem Vater. Sie würde alles dafür geben, ihn wieder zu bekommen. Und Dexter Church brachte seinen eigenen Vater des Geldes wegen um.

Die nächsten zwei Tage verliefen weitestgehend normal. Am zweiten Tag hatte Nate den entscheidenden Hinweis. Mit Hilfe eines Bearbeitungsprogrammes konnte er die Aufnahme vergrößern und verschärfen. Nun sah man eindeutig Dexter Church auf den Aufnahmen. Das war der Beweis, dass er kurz vor dessen Tod bei seinem Vater war und nicht, wie geschildert zu Hause. Dexter Church wurde nochmals auf das Revier zur Befragung gebeten. Nach einem langen Gespräch, wo er immer wieder versuchte sich rauszureden, gestand Dexter Church letztendlich den Mord an seinem Vater, da die Beweislage eindeutig war. Das Motiv, wie Meg schon vermutet hatte, war reine Geldgier. Das Wasser stand Dexter bis zum Hals. Nach dem Tod der Mutter, die die Familie zusammengehalten hatte, waren die Streitigkeiten zwischen Vater und Sohn immer weiter eskaliert. Am Tatabend hatte Dexter seinen Vater nochmals um Geld gebeten. Doch sein Vater hatte ihn nur als Schande beschimpft und ihn wissen lassen, dass er sich zum Teufel scheren soll. Er sollte endlich anfangen, etwas aus seinem Leben zu machen. Das war zu viel für Dexter Church gewesen. Und so hatte er in seiner Wut den Vater mit mehreren Stichen erstochen. Danach hatte er die Wohnung verwüstet und Schmuck entwendet, um es wie einen Raubüberfall aussehen zu lassen und um einen Teil seiner Schulden zu tilgen. Die Spurensicherung fand später einen blutverschmierten Pullover und die Mordwaffe – die Meg schon in ihrer Vision gesehen hatte. Er war über die Feuerleiter geflohen, damit er nicht beim Verlassen des Hauses gesehen werden konnte.

Dexter Church wurde festgenommen und dem Haftrichter vorgeführt.

Nach dem Fall wurden Meg und Josh ins Büro von Captain Holt gebeten. Er gratulierte ihnen zur erfolgreichen Zusammenarbeit und hoffte auf weitere Erfolge. Meg bemerkte jedoch den eindringlichen Blick, den er ihr zuwarf und verstand, dass er sie weiterhin im Auge behalten würde. Sie merkte, wie sie sich innerlich verkrampfte. Was würden die Kollegen und ihr Chef sagen, wenn sie ihr Geheimnis herausfinden würden? Vielleicht würde man sie für verrückt erklären und sie feuern, wobei das noch die harmlosere Variante wäre. Im schlimmsten Fall erklärte man sie für psychisch gestört und sperrte sie ein.

Als Meg sich nach dem Gespräch bei Captain Holt wieder an ihren Schreibtisch setzte, blickte Baker zu ihr rüber und sprach sie etwas leiser an.

»Gute Arbeit. Als Team waren wir am Ende doch gar nicht so schlecht, oder?«

»Wir werden sehen«, erwiderte sie skeptisch. Dies war ein einfacher Fall gewesen, ihre Gabe hatte ihn nicht gelöst. Aber es würden andere Fälle kommen.

Die nächsten Wochen und Monate entwickelten sich für Meg zu einem Albtraum. Detective Baker schien ihr im Dienst auf Schritt und Tritt zu folgen und nur darauf zu warten, etwas Neues über sie zu erfahren. Es wurde für sie immer komplizierter, ihre Gabe ausführen zu können. Bevor sie sie einsetzen wollte, kontrollierte sie mehrmals, ob Detektive Baker wirklich den Tatort verlassen hatte. Jedes Mal ging es gut. Bis auf ein einziges Mal, als nachts im Central Park die Leiche einer jungen Frau gefunden wurde. Vergewaltigt und anschließend erstochen. Die Leiche befand sich in einem stark bepflanzten Bereich des Parks und so hatte Meg erst als es zu spät war bemerkt, wie Detective Baker sich hinter Büschen in der Dunkelheit versteckte und sie bei ihrem Einsetzen der Gabe beobachtete. Wobei er natürlich nicht wusste, was gerade vor seinen Augen geschehen war. Er hatte nur gesehen, wie Meg ihre Handschuhe auszog, die Frauenleiche kurz berührte und wie sie danach müde und blass zu ihm aufsah. Natürlich fragte er nach und irgendwie rettete Meg sich mit einer absurden Ausrede, sie wollte der Toten Gedenken oder so was Ähnliches. Doch sie erkannte an seiner Haltung und in seinen Augen, dass er ihr diese Ausrede nicht abnahm.

Doch dann kam der Tag, an dem die Meldung einging, dass einer ihrer Kollegen im Einsatz erschossen worden war.

Der Mann hinterließ eine Frau und zwei Kinder.

Es kam zum Glück nur selten vor, dass Kollegen bei einem Einsatz ums Leben kamen, aber wenn es passierte, trauerte das ganze Revier um ihn. Meg musste an ihren Vater denken. Der Gedanke, dass der Mörder immer noch frei war, ließ den altbekannten Zorn in ihr aufsteigen. Genau wie bei ihrem Vater, konnte der Täter auch in diesem Fall unbemerkt fliehen. Und genauso wie ihr war auch heute einer Familie der Vater entrissen worden … Ein Gedanke schoss durch ihren Kopf. Wenn sie schon nicht den Mörder ihres Vaters finden konnte, dann doch zumindest den von ihrem Kollegen. Heimlich rief sie Dr. Gillen an. Der Verstorbene befand sich bei ihm in der Obduktion, so wie es Vorschrift war.

Unter einem falschen Vorwand bat Meg, den Toten sehen zu dürfen. Dr. Gillen willigte ein. Meg fuhr in die Pathologie und bat Dr. Gillen sie für ein paar Minuten mit dem Toten allein zu lassen. Dr. Gillen tat ihr den Gefallen und verließ den Raum. Meg zögerte nicht lange und berührte den Polizisten kurz und sofort sah sie seine letzte Erinnerung. Und je klarer die Bilder wurden, desto blasser wurde Meg auf einmal. Denn das Gesicht, das sie sah, kannte sie. Älter zwar, aber es war dieses Gesicht aus ihren eigenen Erinnerungen. Sie sah den Mörder ihres Vaters. Plötzlich war sie wieder das kleine zehnjährige Mädchen, dessen Helden man ihr genommen hatte. Sie spürte, wie ihre Lungen an Luft verloren, ihr Hals schnürte sich zu, der Raum drehte sich und in ihrem Kopf drehten ihre Gedanken Karussell. Konnte das sein, nach über achtzehn Jahren?

Ihr war übel und sie erbrach sich in einen Mülleimer, der nicht weit vom Tisch stand. Sie zitterte am ganzen Körper und schlang die Arme um sich. Plötzlich ging die Tür auf und Dr. Gillen und, zu ihrem Entsetzen, Detective Baker betraten den Raum. Beide schauten sie erschüttert an.

»Um Himmels Willen, Detective Sullivan … geht es Ihnen gut? Ist etwas passiert?«, hakte Dr. Gillen besorgt nach und trat auf sie zu, Detective Baker direkt hinter ihm her.

Meg atmete ein paar Mal tief ein und aus und unter Trauer und Verwunderung mischte sich ein anderes Gefühl.

Wut, absolute Wut auf den Mörder ihres Vaters.

»Äh ja, mir geht nur der Tod des Kollegen so nahe«, erwiderte sie und ballte dabei ihre Hände zu Fäusten.

Meg erhob sich langsam, Dr. Gillen und Detective Baker immer noch besorgt neben ihr, und ging Richtung Ausgang. Während Dr. Gillen ihr verwundert und immer noch besorgt nachblickte, hörte sie wie Detective Baker ihr schnellen Schrittes folgte.

»Warten Sie!« rief er ihr nach und hielt sie an ihrem Arm zurück. »Was ist da drinnen gerade passiert? Ich merke doch, dass Sie irgendwas verheimlichen. Was ist es?«

»Was ich tue oder lasse geht Sie einfach nichts an. Verstanden?«, schrie Meg ihn an.

Sie versuchte sich aus seinem Griff zu lösen, zwecklos. Er packte nur fester zu.

»Ich möchte Ihnen doch nur helfen. Man kann nicht immer alles nur mit sich alleine regeln. Also, was immer es ist, Sie können mit mir darüber sprechen«, versuchte Baker sie zu beruhigen.

»Nein, kann ich nicht. Sie würden es nicht verstehen.«

»Woher wollen Sie das wissen, wenn Sie es noch nicht mal versucht haben?« fragte er sie.

Für eine kurze Zeit lies Meg den Kopf hängen, ihre Haare verdeckten ihr Gesicht wie eine schützende Mauer.

Dann hob sie ruckartig den Kopf und sah ihm durch einen Tränenschleier direkt in die Augen.

»Weil ich Angst habe«, flüsterte sie und versuchte, sich wieder aus seinem Griff zu lösen.

»Wovor? Was auch immer es ist, wir helfen Ihnen«

»Dann helfen Sie mir, indem Sie mich in Ruhe lassen!«

Die Tränen rannen ihr nun langsam über die Wangen.

»Meg…Bitte«, versuchte Detective Baker es erneut.

Doch Meg stieß ihn von sich und löste sich so aus seinem Griff.

»Hauen Sie ab!«, rief sie ihm ins Gesicht.

Völlig perplex blieb Detective Baker in der Pathologie zurück und sah, wie Meg langsam in der Dunkelheit verschwand.

Sie stieg in ihr Auto und fuhr sofort nach Hause. Den Abend über beschäftigte sie sich damit, eine Phantomzeichnung vom Täter anzufertigen. Natürlich gab es professionelle Zeichner, aber Meg selbst war nicht untalentiert und manchmal half es ihr, sich genauer zu erinnern. Jedes Detail konnte helfen, ihn zu überführen. Durch ihre Aktion heute Abend würde Baker sie nun nicht mehr aus den Augen lassen. Somit konnte sie ihr Vorhaben, Nate die Zeichnung zu geben und recherchieren zu lassen, vergessen. Aber eine Möglichkeit gab es noch.

Am nächsten Morgen war Meg früh auf den Beinen, sie hatte so gut wie gar nicht geschlafen. Zu viele Gedanken und Emotionen hatten sie davon abgehalten. Heute wollte sie ihren Plan in die Tat umsetzen. Sie wählte die Nummer des einzigen Menschen, dem sie vertraute. Nate.

Dieser begrüßte sie mit einem noch sehr schläfrigen »Hallo?«

»Nate. Meg Sullivan hier. Ich brauche deine Hilfe. Es ist dringend und keiner der Kollegen darf etwas erfahren. Deswegen müssen wir es vor Dienstbeginn machen. Wir treffen uns in einer halben Stunde im Central Park, Eingang Plaza Hotel. Bring dein Equipment mit«, sagte Meg nur kurz angebunden und legte auf, nachdem sie noch ein gemurmeltes `In Ordnung´ seitens Nate hörte.

Nervös wartete Meg am Eingang zum Central Park, als sie Nate knapp fünf Minuten nach der verabredeten Zeit auf sich zukommen sah.

»Hast du alles dabei?«, fragte sie hektisch.

»Na klar.«, stellte Nate fest.

»Ich möchte, dass du diesen Mann durch unsere Datenbank ziehst und mir so schnell wie möglich Informationen beschaffst.«, erklärte Meg und reichte Nate ihre Skizze vom Mörder.

Für einen Moment zögerte Nate, dann scannte er die Skizze ein. Beide saßen mittlerweile auf einer Bank nahe dem Eingang. Allmählich wurde es Morgen, ein neuer Tag begann und die Stadt erwachte langsam zum Leben. Menschen traten aus ihren Häusern auf dem Weg zur Arbeit und die Geschäftsinhaber öffneten ihre Läden.

Ihr kam es wie eine kleine Ewigkeit vor, als Nate sie endlich erlöste.

»Bin fertig.«

Er drehte den Laptop in ihre Richtung.

»Der Mann heißt José Hernandez, 52 Jahre alt. Saß wegen kleinerer Delikte für vier Jahren im Gefängnis. Wurde wegen guter Führung früher entlassen. Seit einem Jahr wieder draußen. Unter dieser Adresse ist er momentan gemeldet«, antwortete Nate und zeigte ihr die Adresse auf dem Bildschirm.

Nachdem sie die Adresse gelesen hatte, stand Meg sofort auf und ging zu ihrem Wagen, ohne sich auch nur bei Nate zu bedanken.

Sie hörte noch, wie dieser ihr nachrief, ignorierte es aber.

Laut Nates Recherche wohnte Hernandez in den Hochhäusern von Roosevelt Island, die eine knappe halbe Stunde vom Central Park entfernt waren. Meg stieg in ihren Wagen, trat aufs Gaspedal und schaltete ihr Blaulicht an, um schneller durch das alltägliche Straßenchaos zu kommen.

An den Hochhäusern angekommen suchte sie die richtige Nummer, was bei den vielen Eingängen gar nicht so einfach war. Doch letztendlich fand sie die Klingel, mit der Aufschrift `Hernandez´. Nach kurzem warten, drückte sie die Klingel erneut. Kein Anzeichen dafür, dass er zu Hause war.

`*So ein Mist!*´, dachte Meg.

Sie wollte gerade wieder zu ihrem Wagen gehen, als sie einen Mann aus Richtung der Hinterhöfe kommen sah. Er trug einen schwarzen Jogginganzug, abgenutzte Turnschuhe und eine goldene Kette. Seine langen, schwarzen und stark gegelten Haare trug er in einem Pferdeschwanz. Sie erkannte ihn aus der Erinnerung wieder.

Er schenkte ihr keinerlei Beachtung und so sprach Meg in an. »José Hernandez?«

Der Mann blickte fragend auf und entdeckte dabei die Waffe an Megs Gürtel. Ohne ein Wort drehte er sich um und rannte in Richtung der Hinterhöfe.

»Stehen bleiben!« brüllte Meg ihm hinterher und nahm sofort die Verfolgung auf.

Allerdings verlief sie sich schnell im Labyrinth der Hinterhöfe und fand bald keine Spur mehr von Hernandez. Das durfte doch nicht wahr sein, wie konnte sie ihn nur verlieren? Doch dann hörte sie ganz in ihrer Nähe ein Geräusch, als wäre etwas umgefallen. Rasch lief sie in die Richtung, aus der sie es gehört hatte. Sie bog um eine Ecke und stand in einer abgelegenen Sackgasse. Das Geräusch war offenbar von einer umgefallenen Kiste, mit der Hernandez versucht hatte, über einen Holzzaun zu klettern. Er saß in der Falle. Sie betrachtete den Mann, der mit dem Rücken zu ihr stand und spürte, wie ihre Wut ins Unermessliche stieg. Dieser Mann hatte ihren Vater und Kollegen auf dem Gewissen. Gesteuert durch ihre Emotionen zog Meg ihre Waffe aus dem Holster.

»Erinnern Sie sich noch, wie vor achtzehn Jahren ein Polizist in einer Gasse beim Einsatz erschossen worden ist? Es war überall in den Nachrichten.«

Nun drehte der Mann sich langsam um. Beim Anblick der gezogenen Waffe hob er langsam seine Hände.

»Kann sein, ist schon lange her« erwiderte er gleichgültig und zuckte dabei mit seinen Schultern.

»Oder vor zwei Tagen, als ebenfalls ein Polizist beim Einsatz erschossen wurde?«

»Ja, und?«

»Ja, und?! Mehr haben Sie dazu nicht zu sagen?«, schrie Meg entrüstet.

»Kleine, ich habe keinen Bock und keine Zeit für diesen Unsinn hier. Adios!«, antwortete Hernandez und machte Anstalten zu gehen.

Jetzt platzte Meg endgültig der Kragen, sie entsicherte die Waffe und schoss als Warnung kurz vor Hernandez auf den Boden. Dieser blieb abrupt stehen und schaute sie herausfordernd an.

»Sie werden nirgendwo hingehen, außer in den Knast. Der Polizist von vor achtzehn Jahren hieß Ben Sullivan. Er war mein Vater. Sie haben meinen Vater damals erschossen. Er hatte versucht sie aufzuhalten und weil er Ihnen im Weg stand haben sie ihn einfach getötet! Sie haben einer Familie den Ehemann und Vater genommen. Und vor ein paar Tagen haben Sie wieder einen Polizisten erschossen. Sie gehören ins Gefängnis. Und dafür werde ich sorgen«, rief Meg und merkte, wie sich langsam Tränen in ihren Augen sammelten.

»Du dummes Ding. Wie willst du mir das nachweisen? Es gab keine Beweise, weder damals noch heute. Und ich gehe ganz sicher nicht noch mal ins Gefängnis. Hat die Kleine ihren Daddy verloren? Haha, was für eine Polizistin. Sieh nur, du weinst wie ein Kleinkind. Was willst du machen?«, fragte er mit einem höhnischen Lächeln.

»Halten Sie den Mund!«, schrie Meg mit tränenerstickter Stimme und schoss als Warnung eine Kugel etwas von seinem Kopf entfernt in die Steinmauer.

»Sullivan!«, hörte sie auf einmal die Stimme von Detective Baker, drehte den Kopf in dessen Richtung und schaute ihn überrascht an. Mit ihm hatte sie nicht gerechnet.

»Sie? Wie kommen Sie hierher?«

»Nate hat mir alles erzählt. Von eurem Treffen und das mit Ihrem Vater. Sullivan, machen Sie jetzt keinen Fehler. Das ist er nicht wert. Wenn er Schuld am Mord unseres Kollegen hat, dann finden wir das raus. Gemeinsam«, versuchte er sie zu beruhigen. Langsam bewegte sich Baker auf Meg zu, beide Hände vorsichtig erhoben.

»Ich weiß, dass er es war. Ich habe es gesehen.«

»Ich verstehe nicht. Wie können Sie es gesehen haben?« fragte Baker nach.

Für einen Moment zögerte Meg, doch dann gab sie ihm Antwort.

»Weil ich ihre letzten Erinnerungen gelesen habe. Darum. Bei meinem Vater und auch bei dem vor kurzem erschossenen Polizisten, habe ich ihn gesehen. Und auch bei den ganzen anderen Mordfällen habe ich meine Gabe eingesetzt, um die Fälle schnell lösen zu können. Ich wollte nicht, dass es den Hinterbliebenen so erging wie mir und meiner Mutter. Dass der Fall nie geklärt wird und man mit seinen Fragen allein gelassen wird. Ich habe bis jetzt niemandem davon erzählt, weil ich Angst hatte man würde mich für verrückt halten. Deswegen habe ich immer allein gearbeitet und wollte nie einen Partner«

Etwas entrüstet schaute Baker sie an, er musste diese Information erst mal verarbeiten.

Beide würden noch darüber sprechen müssen, aber später. Er trat weiter an Meg heran und stand nun fast zwischen ihr und Hernandez, auf den weiterhin die Waffe gerichtet war.

»Ich verstehe Ihre Angst. Ich halte Sie nicht für verrückt. Mir ist egal, ob Sie Erinnerungen lesen können oder nicht, Sie sind eine tolle Ermittlerin. Aber was Sie hier gerade machen, ist falsch! Glauben Sie, ihr Vater würde es gutheißen, wenn Sie zur Mörderin werden?«

Er schaute sie intensiv und eindringlich an. Er hatte Recht. Wollte Sie wirklich selbst zur Mörderin werden? Nein, auf keinen Fall. Ihr Vater würde sich dafür schämen. Langsam senkte Meg ihre Waffe und schritt auf Baker zu. Er trat ebenfalls auf sie zu und nahm ihr zögernd die Waffe aus der Hand. Baker stand mit dem Rücken zu José Hernandez und bemerkte nicht, wie er schnell hinter seinem Rücken eine Waffe hervorzog und direkt auf ihn zielte.

»Genauso schwach wie ihr Vater«, murmelte er vor sich hin und wollte gerade abdrücken, als ein Knall ertönte.

Meg hatte die Waffe bemerkt, sich ihre Waffe aus den Händen von Baker geschnappt und blitzschnell auf ihn geschossen. Die Kugel traf ihn in die linke Brust und er sackte in sich zusammen. Geschockt schaute Meg in das Gesicht von Baker.

»Sie haben mir das Leben gerettet?«, meinte er überrascht.

Meg konnte sich vor Schreck nicht bewegen, ihr Blick huschte zu der leblosen Gestalt, die am Boden lag und ließ ihre Waffe fallen. Sie hatte jemanden getötet.

Ihr fehlten die Worte, zu viel war innerhalb der letzten Stunden passiert. Detective Baker bemerkte ihre Unsicherheit und nahm sie einfach in die Arme. Anfangs versteifte Meg sich, doch nach ein paar Sekunden entspannte sie sich und schlang ihre Arme um seine Hüfte.

Von weitem hörten sie die herannahenden Streifenwagen. Ihr Albtraum hatte endlich ein Ende gefunden.

José Hernandez wurde mit dem Leichenwagen weggebracht. Als der Wagen wegfuhr, überkam Meg ein merkwürdiges Gefühl. Den Tod hatte niemand verdient, doch spürte sie eine gewisse Erleichterung. In seiner Wohnung fand man die Tatwaffe, mit der der Polizist und damals ihr Vater erschossen worden waren, sowie Reste von Schmauchspuren an seiner Kleidung.

Captain Holt war natürlich wenig begeistert von ihrem Alleingang und sie wurde mit drei Monaten Innendienst bestraft. Endlich konnte Meg Frieden mit sich schließen. Sie und Baker würden aber noch mal in Ruhe über ihre Gabe sprechen müssen.

Knapp eine Woche nach den Ereignissen und der Beerdigung des Kollegen, kam dessen Ehefrau mit den beiden Kindern ins Revier. Sie wollte sich noch mal für die Aufklärung bedanken. Meg saß an ihrem Schreibtisch, als das jüngste Kind auf sie zukam und ihr etwas reichte. Es war ein selbstgemaltes Bild. Sie nahm es entgegen und betrachtete es. Auf dem Bild erkannte sie sich und einen Mann, der vermutlich den

Mörder ihres Vaters darstellen sollte. Anscheinend nahm sie ihn gerade fest. Oben am Rand stand in Kinderhandschrift „Hero".

Gerührt sah sie das Kind an, welches schüchtern lächelte. Die Mutter trat hinter ihr Kind.

»Sie wollte unbedingt zu Ihnen, um Ihnen das Bild zu schenken«, meinte sie freundlich.

»Ja, weil sie den bösen Mann gefasst haben. Sie sind wie eine Superheldin, die böse Menschen einfängt«, gab das Kind wieder.

Meg lächelte das Kind an.

»Naja, eine Superheldin vielleicht nicht, aber eine Hüterin des Gesetzes«, sagte sie und streichelte dem Kind sanft über den Kopf.

»Danke für das Bild, ich werde es gut aufheben.«

Die Ehefrau und die Kinder verabschiedeten sich und verließen das Revier wieder. Meg schaute noch lange das Bild des Mädchens an, bevor sie es mit einem Klebestreifen an ihrem Schreibtisch befestigte.

Eine Superheldin? Eine besondere Fähigkeit hatte sie ja bereits.

Meg schmunzelte bei diesem Gedanken und schaute dabei zum Schreibtisch von Baker, der sie ebenfalls ansah und ihr zulächelte.

`Warum eigentlich nicht?´ dachte sie und machte sich wieder an ihre Arbeit, die Bösewichte von New York einzufangen.

Auch ein Held braucht mal Glück

Kerstin Radermacher

»Hilfe! So helft mir doch! Haltet den Dieb!«
Thomas horchte auf, als er die Stimme der Frau rufen hörte. Er erhob sich in die Lüfte und machte sich mit Hilfe seines empfindlichen Gehörs auf die Suche nach der Quelle, die für die Rufe verantwortlich war. Da! Die Stimme kam aus dem Central Park. Als er sich näherte, konnte er dank seiner falkenähnlichen Sehkraft die Frau schnell ausfindig machen und sah, wie sie einem Mann hinterher lief. Dieser - Thomas war sich sicher, dass es sich um den Dieb handelte - konnte seinen Vorsprung allerdings ausbauen, da seiner Verfolgerin langsam die Luft ausging. Thomas flog schneller und setzte zur Landung an. Dabei übersah er allerdings einen Stein, an dem er mit einem Fuß hängen blieb und ins Straucheln geriet.

»Verflixt«, brachte er noch hervor, bevor er gegen die Frau taumelte, sie zu Boden riss und auf ihr zum Liegen kam.

»Hey, was soll das? Passen Sie doch auf!«, fauchte diese ihn an und schubste ihn von sich runter.

»Toll, jetzt ist er weg. Und mit ihm meine Handtasche mit den Tageseinnahmen! Das haben Sie ja super hinbekommen!«

»Das tut mir schrecklich leid, aber der Stein…«

»Sparen Sie sich Ihre Ausflüchte. Sagen Sie mir lieber, was Sie jetzt machen wollen, um mir die Handtasche wieder zu beschaffen.«

Die Frau funkelte Thomas wütend an.

»Und überhaupt, wo sind Sie auf einmal hergekommen? Und wie sehen Sie eigentlich aus? Was soll diese Verkleidung? Sie sind doch wohl nicht so ein Irrer?«

Thomas schaute sie verunsichert an. Was sollte er denn jetzt machen, der Dieb war weg. Dann kam ihm die Idee.

»Einen Moment bitte, bleiben Sie hier. Ich werde ihn finden, das verspreche ich!«

Mit diesen Worten erhob er sich wieder in die Lüfte, was die Frau in Staunen - sie bekam den Mund gar nicht mehr zu - versetzte, und ließ seinen Blick schweifen. Kurz darauf entdeckte er den Mann, wie er sich im Schutz der großen Bäume versteckte und dabei war, die Handtasche zu durchsuchen. Thomas flog geschwind in die Richtung, um den Mann zu überraschen. Dabei verfing er sich aber mit seinem Cape, auf dem sein Logo, ein stilisiertes »T«, gestickt war, in den Ästen eines Baumes, sodass es mit einem lauten »Ratsch!« zerriss. Vorbei war es mit dem Überraschungseffekt, denn der Dieb hatte das Geräusch ebenfalls gehört und machte sich daran, wieder fortzulaufen.

`So ein verdammter Mist´`, dachte Thomas verzweifelt. `So bekomme ich ihn nie! Zwischen den ganzen Bäumen kann ich nicht fliegen. Hm, vielleicht, wenn ich den Baum da vorne mit meinem Laserblick umfallen lasse, so dass er ihm den Weg versperrt. Das müsste klappen.´`

Gesagt, getan. Thomas visierte den Baum an und schickte seinen Laserblick auf den Weg. Doch oh Schreck. Anstatt den Baum zu treffen, fuhren die Strahlen an diesem vorbei und landeten schließlich im Harlem Meer, an dessen Ufer der Baum gestanden hatte. Mit einem lauten Zischen verdampfte das ganze Wasser, sodass sich die Luft mit einem Nebel füllte, in dem man die Hand nicht mehr vor Augen sehen konnte. Thomas fluchte leise. Der Dieb war jetzt endgültig entkommen, er konnte nichts mehr tun. Im dichten Nebel konnte er die Stimmen der Parkbesucher hören, die das Debakel mitbekommen hatten.

»Hast du das gesehen? Was war das denn für einer? Und was sollte diese Aktion?«

»Ja, nicht? Das war alles, aber keine Heldenglanzleistung.«

»Wofür steht das T eigentlich?«

»Keine Ahnung. Bestimmt für Trottel.«

»Dann hätte er besser ein S genommen. Für Supertrottel.«

»Oder ein V für Volltrottel.«

Auf die Worte folgte Gelächter, welches trotz der dämpfenden Wirkung des Nebels laut erscholl. Thomas merkte, wie ihm die Schamesröte ins Gesicht stieg. Er nutzte die Gelegenheit, dass sich die Schwaden immer noch nicht verzogen hatten, um diesen höhnischen Worten zu entkommen. Er stieg in die Luft und ließ sich erst am anderen Ende des Parks in einem verlassenen Winkel auf einer Bank nieder. Thomas schloss die Augen, beugte sich vor und stützte sein Gesicht in die Hände. Die Worte und das Gelächter verfolgten ihn immer noch. Er stöhnte auf.

»Ist alles in Ordnung?«

Die Stimme riss ihn aus seinen Gedanken. Thomas blickte hoch und sah ein kleines Mädchen neben sich auf der Bank sitzen, die blonden Locken zu zwei Rattenschwänzen gebunden, die großen blauen Augen fragend auf ihn gerichtet.

»Ähm, ja doch. Alles in Ordnung«, beschwichtigte Thomas, der sich keine Blöße geben wollte.

»Das hat sich gerade aber nicht so angehört«, bohrte das kleine Mädchen weiter.

»Ich bin übrigens Destiny. Und wer bist du?«

»Ich heiße T, ähm Thomas.«

»Hallo Thomas. Was ist denn los? Hast du dich verletzt? Dein Umhang ist ja kaputt! Und warum trägst du eine Maske?«

Thomas schlug sich in Gedanken vor die Stirn. Ich trage ja noch mein Helden-Outfit, das hatte ich total vergessen! Er seufzte erneut.

»Du scheinst ja ein kleiner Naseweis zu sein.«

»Was ist ein Naseweis?«, fragte die Kleine.

»Das ist jemand, der sich vorwitzig in Sachen einmischt«, erklärte Thomas ihr leicht genervt.

»Wenn man helfen möchte, ist man nicht vorwitzig«, gab Destiny vorlaut zurück. »Und ich möchte dir gerne helfen. Also, sag mir, was passiert ist.«

Ein Lächeln stahl sich auf Thomas Gesicht. Dieses kleine Mädchen hatte eine Art an sich, die ihn von seinen düsteren Gedanken ablenkte.

»Na gut, du scheinst ja nicht locker lassen zu wollen. Aber ich glaube nicht, dass du mir bei der Lösung des Problems helfen kannst.«

»Meine Mama sagt immer, es gibt nichts, was man nicht lösen kann«, gab Destiny altklug zurück und lächelte ihn aufmunternd an.

Thomas fasste sich ein Herz und erzählte ihr, was passiert war.

»Und nun sitze ich hier und weiß nicht, was ich tun soll«, endete er seine Geschichte. »Ich würde den Menschen gerne helfen, aber leider bringe ich sie durch meine Taten eher noch mehr in Gefahr. Denn das eben war nicht das erste Mal, dass mir das passiert ist. Ständig geht irgendetwas schief.«

»Das hat bestimmt lustig ausgeschaut, da wäre ich gerne dabei gewesen. Aber ich verstehe, was du meinst. Gemeinsam finden wir bestimmt eine Lösung.«

Destiny hatte aufmerksam seiner Erzählung gelauscht und zwischendurch ein Kichern nicht unterdrücken können. Nun legte sie den Kopf schief, schürzte die Lippen und überlegte angestrengt.

Nachdem sie eine Weile so dagesessen hatten, rief sie auf einmal aus:

»Ich hab's. Glaube ich. Ach was, ganz bestimmt. Das ist es. Dir fehlt einfach das Glück! Denn auch ein Held braucht das Glück. Manches Mal sogar mehr als alle anderen. Hast du keinen Glücksbringer?«

»Meinst du so etwas wie eine Hasenpfote?«

Thomas schaute Destiny erstaunt an, die eifrig nickte.

»Nein, tut mir leid, ich habe keinen Glücksbringer. An sowas habe ich bisher nie geglaubt.«

»Glaube mir, das wird es bestimmt sein. Du brauchst etwas, das dir Glück bringt. Warte«, Destiny nestelte an ihrem Hals und zog eine kleine Kette mit einem kleinen glänzenden Stern hervor. Sie öffnete den Verschluss und gab ihm die Kette.

»Hier, nimm das. Der Stern hat mir bisher immer geholfen. Nun soll er dir Glück bringen.«

Thomas starrte das kleine Mädchen sprachlos an. »Aber …, aber …, nein, das kann ich doch nicht annehmen. Der ist doch viel zu wertvoll für Dich. Dann hast du doch kein Glück mehr.«

»Ach was, das macht nichts. Ich habe ja noch andere Glücksbringer«, Destiny winkte ab und nickte ihm zu. »Los, häng ihn um. Du wirst schon sehen, er wird dir helfen. Aber du musst fest daran glauben.«

Thomas zögerte noch, die Kette schien zu kurz für ihn zu sein. Doch dann versuchte er es einfach und legte sie sich um den Hals. Er konnte es nicht glauben. Sie passte perfekt! Es schien so, als ob sie sich seinem Hals angepasst hätte.

»Danke«, wandte er sich zu Destiny um.

Doch das kleine Mädchen war verschwunden. Genauso plötzlich, wie sie aufgetaucht war. Verwundert schüttelte er den Kopf. Was für eine merkwürdige Begegnung. *Hätte ich die Kette nicht, würde ich denken, ich hätte geträumt.* Er sah sich suchend um, doch Destiny war nicht zu sehen. Dafür entdeckte er in der Ferne eine Gestalt, die ihm bekannt vorkam. Das war doch der Dieb von eben!

`*Kann das tatsächlich sein, dass mir nur das Glück und der Glaube daran gefehlt haben?*´

Thomas fasste an den Stern. Nun gut, er würde es herausfinden. Er erhob sich von der Bank, stieg in die Luft und flog auf die Gestalt zu, die sich bei näherem Herankommen tatsächlich als der Dieb herausstellte. Dieser blieb vor Schreck stehen, als er Thomas auf sich zukommen sah, lachte aber, als er ihn erkannte.

»Na, willst du wieder versuchen, mich zu fangen? Das wird dir auch dieses Mal nicht gelingen.«

Doch die letzten Worte blieben ihm im Hals stecken, und ehe er sich versah, lag er auf dem Boden und Thomas kniete über ihm.

»Du solltest dein Glück nicht zu oft herausfordern, irgendwann verlässt es dich sonst. So wie jetzt.«

Thomas hatte sich von dem Gelächter des Diebes nicht abhalten lassen und ihn ohne Probleme überwältigt.

»Und jetzt gib mir sofort das Geld, das du der Frau vorhin gestohlen hast. Und wo hast du ihre Handtasche?«

»Ist ja schon gut. Hier, in meiner Jackentasche ist das Geld. Die Handtasche habe ich weggeworfen.«

Thomas nahm das Geld, fand in der Jackentasche noch mehr Diebesgut und übergab den Dieb an zwei Cops, die im Park Patrouille liefen und gerade vorbeikamen. Er schilderte ihnen kurz die Situation und machte sich dann auf die Suche nach der Frau, um ihr das Geld wie versprochen zurückzugeben. Dabei nahm er sich vor, in Zukunft mehr auf das Glück zu vertrauen.

Book-Boy

Jörg Neuburg

Konzentriert betrachtete Vic die Waffe in seiner Hand. Vor einigen Sekunden hatte er noch einen Star Trek-Roman gehalten, ehe er sich mit seiner ihm eigenen Kraft einen Phaser erschaffen hatte. Das Buch war daraufhin verschwunden und nun hielt er den Traum aller Trekkies in Händen. Er selbst hatte nie ein Interesse für die Filme oder die Bücher gehabt. Aber gerade hatte er Lust verspürt, ein wenig in der Gegend herumzuballern. Und das erste Buch, das ihm in die Hände gefallen war, war eben ein Star Trek-Roman gewesen.

`Mal schauen, was du so drauf hast´, dachte er.

Vorsichtig hob er den Phaser an und zielte auf einen großen Felsen, der schon einige Einschusslöcher aufwies. Als er abdrückte schoss der rote Energiestrahl darauf zu und mit einem Zischen entlud sich die Energie. Ein schwarzer Brandfleck war dort zu sehen, wo der Strahl den Stein getroffen hatte.

»Wie, mehr passiert nicht?«

Vic betrachtete den Phaser genauer. Ein Leucht-regler auf der ersten Stufe rief ihm in Erinnerung, dass man die Stärke dieser Waffen einstellen konnte.

`Was wohl auf der höchsten Stufe passiert?´

Er stellte den Phaser ein und der rötliche Energie-strahl löste den gesamten Felsen auf.

»Okay … stark, aber irgendwie auch langweilig.«

Vic war enttäuscht. Er hatte sich mehr versprochen und lief zurück zu seiner Villa, die weit und breit das einzige Gebäude war. Die Treppe zum Keller sprang er gelangweilt herunter, öffnete die Tür und betrat ei-nen großen Raum mit zahlreichen Regalen. Den Pha-ser legte er wahllos in eines davon, direkt neben einen schmalen zylindrischen Gegenstand.

`Das Laserschwert aus Star Wars war auf jeden Fall spaßiger´, dachte er mit einem kurzen Lächeln, bevor er zurück in sein Wohnzimmer ging. An allen Wänden standen Regale, die bis unter die Decke voll-gestopft waren mit Büchern aller Art.

`Ich könnte mal wieder etwas Geld gebrauchen, der Helikopter hat mich ein Vermögen gekostet und meine ganzen Reserven aufgebraucht´, überlegte Vic beim Anblick der Bücher und lenkte seine Schritte zielstrebig auf eines der Regale zu. Auf dem Regal-brett stand „Diamanten". Wahllos griff er ein Buch und einen Augenblick später hielt er einen faustgroß-en Rohdiamanten in der Hand.

»Na dann wollen wir dich mal zu Geld machen«, flüsterte er dem Stein zu.

Er griff sich beim Hinausgehen seinen Bücher-gürtel, in dem er einige Bücher in Miniaturgröße befestigt hatte, und den Motorradhelm. In der Garage entschied er sich für seine Suzuki und langsam fuhr er die Auffahrt entlang, bis zu einer Markierung am Straßenrand, einem gelben Schild mit dem Gefahrenzeichen darauf. Vic hielt an und drückte einen Knopf an seiner Uhr. Ein Flimmern unmittelbar vor ihm verriet ihm, dass der Schutzschild deaktiviert war. Er gab Gas und brauste in Richtung Denver davon. Vor der ersten Kurve drückte er erneut den Knopf an seiner Uhr.

* * *

Genervt lief Vic durch das Shopping-Viertel von Denver, vorbei am Rhein Haus, einem Restaurant, welches offenbar deutsches Essen auf der Karte hatte. Durch die Fenster konnte er eine sehr rustikale Inneneinrichtung erkennen. Bereits drei Juweliere hatten ihn abgewiesen, bevor er ihnen seinen Diamanten auch nur hatte zeigen können. Das war ihm bisher noch in keiner Stadt passiert.

»Tut uns Leid, wir kaufen keinen Schmuck oder Edelsteine an«, hatte er bei allen als Antwort bekommen.

Er zog sein Handy aus der Tasche und suchte nach Juwelieren, die damit warben Diamanten anzukaufen. Schnell hatte er einen Laden gefunden, allerdings musste man dort einen Termin vereinbaren und ein Foto schicken. Vic ging in eine ruhige Seitenstraße, zog den Beutel mit dem Diamanten aus dem Rucksack und machte ein Foto, welches er direkt an den

Juwelier schickte. Er wartete ein paar Augenblicke, dann wählte er die Nummer.

»Diamond Luxury, mein Name ist Diane, was kann ich für Sie tun?«, meldete sich eine angenehme Frauenstimme.

»Hallo Diane, ich bin Vic. Ich habe Ihnen gerade eben ein Foto mit einem Diamanten geschickt, den ich gerne verkaufen würde. Können wir einen Termin ausmachen? Ich bin leider nicht lange hier in Denver und es wäre toll, wenn wir das heute noch regeln könnten.«

»Einen Augenblick Vic, ich schaue mir Ihr Foto einmal an.«

Vic konnte ein paar Klicks einer Maus und das Tippen auf der Tastatur hören, dann war es kurz still. Er meinte ein überraschtes Keuchen zu hören, bevor sich Diane wieder zu Wort meldete.

»Ein toller Stein, Vic. Den wird sich allerdings mein Chef ansehen müssen und der ist noch bis heute Abend unterwegs. Denken Sie, dass Sie so lange warten können? Mr Johnson kommt auch gerne zu Ihnen, wenn Sie mir sagen, wo er Sie finden kann.«

Vic zögerte kurz, doch die Aussicht darauf den Stein verkauft zu bekommen hellte seine Stimmung auf. »Klar, so viel Zeit habe ich. Ich erwarte Mr Johnson im Rhein Haus. Er soll dem Kellner einfach sagen, dass er zu Vic möchte.«

»Alles klar, Vic«, antwortete Diane. »Ich richte es ihm aus. Hoffentlich werden sie sich einig. Ich wünsche Ihnen noch einen schönen Tag.«

»Den wünsche ich Ihnen auch, Diane«, sagte Vic mit einem Lächeln auf den Lippen.

Nach dem Telefonat ging er die wenigen Schritte zurück zum Restaurant. Er bestellte ein Bratwurst-Menü und ein Weizenbier, richtete dem Kellner aus, dass später ein Mr Johnson kommen würde und zog sich in eine ruhige Ecke zurück, aus der er das Restaurant gut überschauen konnte. Zum Glück waren bisher nur wenige Gäste da.

Drei Stunden, zwei Brezeln und ein weiteres Bier später führte der Kellner endlich einen Mann in einem feinen dunkelgrauen Anzug an seinen Tisch. Vic stand auf und reichte dem Mann die Hand.

»Sie müssen Mr Johnson sein«, begrüßte er den Mann.

»Richtig. Und Sie sind Vic?«, fragte dieser zurück.

»Genau. Setzen Sie sich. Möchten Sie auch etwas trinken?«

»Tut mir Leid Vic, dafür habe ich leider keine Zeit. Wäre es in Ordnung für Sie, wenn wir uns direkt um das Geschäftliche kümmern? Ich habe draußen einen sicheren Wagen stehen, in dem wir ungestört alles besprechen können. Abseits von neugierigen Blicken und Ohren.«

Mr Johnson machte keine Anstalten sich zu setzen und Vic wollte gerade den Kellner zu sich winken, um zu bezahlen, da winkte der Juwelier auch schon ab.

»Die Rechnung habe ich bereits beglichen, betrachten Sie es als kleine Anzahlung.«

Ein Lächeln erschien auf dem freundlichen Gesicht und Vic nickte kurz. Ein solches Verhalten hatte er schon öfter erlebt, wenn er einen seiner erschaffenen Diamanten verkauft hatte. Die Juweliere wollten dann auf verschiedene Arten seine Gunst erringen.

»In Ordnung, dann lassen Sie uns gleich rausgehen. Ich folge Ihnen.«

Mr Johnson drehte sich um und verließ den Laden. Vic drückte einen anderen Knopf auf seiner Uhr und kurz flackerte um ihn herum die Luft auf.

`Reine Vorsichtsmaßnahme´, dachte er. ,Mit dem Schild fühle ich mich doch sicherer.´

Dann folgte er Mr Johnson zu einem unauffälligen schwarzen Transporter, der unweit des Restaurants parkte. Mr Johnson öffnete die hinteren Türen und Vic konnte eine vollständig ausgestattete Juwelierwerkstatt sehen.

»Immer für alles vorbereitete, wie ich sehe«, sagte er beeindruckt.

»Ich bin viel unterwegs und fahre häufig zu meinen Kunden, da ist es besser alles gleich vor Ort zu haben. Bitte, setzen Sie sich, Vic.«

Mr Johnson wies auf eine bequeme Sitzbank und zog die Türe zu. Ein Klicken verriet Vic, dass er den Wagen von Innen verriegelt hatte.

»Jetzt sind wir ungestört.«

Mr Johnson drehte sich mit einem Lächeln zu Vic um.

»Dann wollen wir doch gleich zur Sache kommen. Darf ich den Stein sehen?«

Er hielt seine Hand ausgestreckt vor sich und sah Vic erwartungsvoll an.

»Aber sicher doch.«

Vic griff in seinen Rucksack, holte den Beutel heraus und überreichte ihn seinem gegenüber. Mr Johnson öffnete den Beutel und ließ den Diamanten in seine Hand rutschen. Interessiert begutachtete er ihn.

»Sehr schön ...«, murmelte er, während er mit dem Finger über einige Ecken strich.

Dann sah er auf und Vic direkt in die Augen.

»Was meinen Sie Vic, wie oft haben Sie diesen Diamanten jetzt schon verkauft?«

Ein Lächeln umspielte seine Lippen, doch sein Blick war eiskalt. Vic lief ein Schauer den Rücken hinunter.

»Ähm ... also, worauf genau wollen Sie hinaus?«, stammelte er etwas unbeholfen.

Vic war plötzlich wie elektrisiert, er merkte, dass etwas mit diesem Juwelier nicht stimmte.

»Nun Vic, lassen Sie es mich ganz klar machen. Ich weiß, dass Sie Kopien von genau diesem Stein schon mindestens zehn Mal verkauft haben. Nicht nur das, sie haben auch schon Gold und Schmuck verkauft. Wenn ich mir Ihre Akte so anschaue, dann kommen da schon ein paar interessante Dinge zum Vorschein.«

Mr Johnson sah ihn abschätzend an.

»Wer sind Sie?«, presste Vic angespannt hervor.

Die ganze Situation gefiel ihm überhaupt nicht. Unruhig rutschte er auf der Sitzbank hin und her.

»Jemand, der über Ihre, nennen wir es, Fähigkeit, Bescheid weiß«, antwortete Mr Johnson ruhig und sachlich.

Bei Vic schlugen die Alarmglocken an.

`Ich habe niemals jemandem von meiner Fähigkeit erzählt. Ich habe nicht einmal damit vor meinen Mitschülern angegeben. Woher kann dieser Kerl etwas wissen?´, schossen ihm die Gedanken durch den Kopf.

Als ob Mr Johnson sie lesen könnte antwortete er.

»Sind Sie wirklich so naiv zu glauben, dass es nicht auffällt, wenn plötzlich hundertprozentige Kopien von riesigen Diamanten und anderen Schmuckstücken auf dem Markt auftauchen? Wir beobachten Sie schon seit einer ganzen Weile, Vic. Dabei sind wir auch auf Ihren kleinen Trick mit den Büchern aufmerksam geworden.«

Mit einem Nicken wies Mr Johnson auf den halb verdeckten Büchergürtel mit Miniaturbüchern, der unter Vics Jacke hervorlugte.

»Was für ein Trick? Ich lese halt gerne. Und was genau wollen Sie von mir?«

Vic stellte sich weiter unwissend. Gleichzeitig überschlugen sich seine Gedanken.

`Wer ist der Kerl, was will er von mir und wie haben die von meiner Fähigkeit erfahren? Und hat er eben „Akte" gesagt? Was für eine Akte? War ich doch nicht so vorsichtig, wie ich gedacht habe?´

Mr Johnson faltete die Hände ineinander und legte sein Kinn darauf ab.

`Was für eine klischeehafte Geste´, dachte Vic.

»Also Vic, stellen Sie sich einmal das folgende Szenario vor. Die Welt, so wie wir sie jetzt kennen, steuert auf eine Katastrophe ungeahnten Ausmaßes zu und nur ein Wunder kann das noch verhindern. Und genau dieses Wunder liegt in den Händen eines Menschen, der eine Möglichkeit hat die Katastrophe zu verhindern, bevor sie sich überhaupt ereignet. Was würden Sie tun, wenn Sie dieser Mensch wären?«

»Was ist denn das für eine Frage?«, antwortete Vic genervt. »Von was für einer Katastrophe reden Sie da überhaupt?«

»Das spielt zunächst keine Rolle, es geht nur um die theoretische Existenz einer Bedrohung. Antworten Sie bitte auf meine Frage, was würden Sie tun, wenn Sie die Bedrohung für die Welt im Keim ersticken könnten?«

Vic überlegte kurz.

»Wissen Sie, ich war mir schon immer selbst der Nächste. Und solange mein Leben nicht von dieser Katastrophe beeinflusst wird, ist sie mir ziemlich egal. Wenn Sie mich so ausführlich beobachtet haben, dann dürften Sie wissen, dass ich nicht viel von anderen Menschen halte und mir das Schicksal der Welt am Arsch vorbei geht.«

Mr Johnson nickte kurz.

»So in etwa hatte ich mir Ihre Antwort vorgestellt.«

Er sah versonnen auf einen Punkt hinter Vic an der Wand, den dieser nicht sehen konnte. Dabei merkte Vic, dass sich das Fahrzeug in Bewegung gesetzt hatte.

»Leider ist das für mich in der aktuellen Situation keine Option, Vic. Denn genau eine solche Bedrohung existiert und Ihre Fähigkeiten sind der Schlüssel ...«

Mr Johnson machte eine Pause, um seine Worte wirken zu lassen.

»Und jetzt kommen wir zu dem Punkt, an dem Sie mir drohen wollen? Und mich am besten gleich noch entführen. Wo fahren wir gerade hin?«, fragte Vic mit einem verhaltenen Lächeln auf seinen Lippen.

`Was auch immer er jetzt versuchen wird, er kann mir nichts anhaben. Ich bin sehr gespannt, wie sich das jetzt entwickelt.´, dachte er vergnügt.

»Natürlich könnte ich Ihnen jetzt verschiedene Arten von Gewalt androhen«, bestätigte Mr Johnson. »Oder ich drohe Ihnen damit all Ihre Finanzen einzufrieren. Ich könnte auch Ihre Liebsten entführen lassen, wenn Sie denn welche hätten.«

Jetzt zeigte auch Mr Johnson ein Lächeln.

»Aber ich glaube nicht, dass ich damit bei Ihnen etwas erreichen würde. Und eine Entführung wäre genauso sinnlos. Ich vermute, dass Sie Ihren Schild aktiviert haben?«

Nun war Vic doch wieder überrascht.

»Wer zum Teufel sind Sie eigentlich?«

»Würde es Sie noch überraschen, wenn ich Ihnen sage, dass ich nicht Mr Johnson heiße? Ich bin Agent Scott und arbeite für das FBI. Und glauben Sie mir, wenn ich Ihnen sage, dass wir vermutlich mehr über Sie wissen, als Sie selbst.«

Vic lehnte sich in der Sitzbank zurück.

`Soso, ich bin also auf dem Radar vom FBI gelandet´, dachte er.

»Und wenn Sie mir nicht drohen wollen, was wollen Sie dann von mir?«

Agent Scott räusperte sich.

»Natürlich möchten wir Sie trotzdem bitten uns zu helfen.«

»Und Sie glauben, dass ich plötzlich kooperiere, nur weil Sie mich darum bitten?«

Vic hatte endlich wieder das Gefühl der Herr der Lage zu sein. Wenn ihm danach war, könnte er einfach aus diesem Wagen verschwinden und Agent Scott könnte ihn nicht einmal daran hindern.

Dieser schüttelte leicht den Kopf.

»Natürlich glaube ich das nicht. Im Gegenteil, ich hätte Sie niemals mit diesem Gespräch behelligt, wenn ich mir nicht sicher gewesen wäre, dass ich Sie davon überzeugen kann uns aus freien Stücken zu helfen.«

Agent Scott zog eine Fernbedienung aus der Tasche und drückte einen der Knöpfe.

»Lassen Sie mich Ihnen etwas zeigen.«

An der Frontseite des Wagens kam ein großer Fernseher zum Vorschein. Darauf erschien eine große Amerika-Karte.

»Haben Sie schon einmal etwas vom Vulkan unter dem Yellowstone Nationalpark gehört?«, fragte Agent Scott.

»Wer hat das nicht?«, antwortete Vic mit einem Achselzucken.

»Aber vermutlich wissen Sie nicht, wie groß die Magma-Kammer wirklich ist. Schließlich haben wir das bisher unter Verschluss gehalten, um keine Panik in der Bevölkerung auszulösen.«

Scott drückte erneut einen Knopf auf seiner Fernbedienung und ein Schatten begann sich, ausgehend vom Yellowstone Park, auszubreiten. Erst als der Schatten bereits den halben Kontinent erfasst hatte endete die Ausdehnung.

»Das…«, versuchte Vic seinen Unglauben in Worte zu fassen.

»Wie ich sehe habe ich nun Ihre Aufmerksamkeit, das freut mich«, sagte Agent Scott. »Dies ist das Ausmaß der Magma-Kammer und hier …«, er zeigte mit einem Laserpointer auf eine Stelle mitten im Schatten. »… ist Ihr Anwesen. Bei einem Ausbruch des Vulkans würden selbst Sie mit Ihrem Schutzschild nicht davon kommen. Die zu erwartende Explosion würde den gesamten Kontinent in Schutt und Asche hüllen, Amerika und der gesamte Erdball würden für mehrere Jahrzehnte ohne Sonnenlicht auskommen müssen.«

Scott machte erneut eine Pause.

»Kann ich jetzt mit Ihrer Kooperation rechnen?«

In der Stimme des Agenten war ein Flehen, das den Ernst der Lage noch einmal verdeutlichte. Vic schluckte schwer.

»Und warum genau denken Sie, dass ich Ihnen helfen kann? Das sieht mir doch eine Nummer zu groß für mich aus. Wenn Sie meine Fähigkeit so genau kennen, dann wissen Sie, dass ich nur begrenzte Möglichkeiten habe.«

Agent Scott nickte bestätigend.

»Uns ist bewusst, was Sie zu leisten vermögen. Und glauben Sie mir, wir wären wirklich froh, wenn es einen Weg gäbe ohne Sie der Lage Herr zu werden. Doch mit unserem derzeitigen Stand der Technik sind wir hilflos.«

Er seufzte.

»Darum haben wir neben Ihnen auch noch eine ganze Reihe anderer Leute um Hilfe gebeten. Die führenden Wissenschaftler auf dem Gebiet der Vulkanologie haben die verschiedensten Thesen aufgestellt, wie wir den Ausbruch verhindern oder zumindest verzögern können. Auf der Grundlage dieser Thesen haben einige erfahrene Sciencefiction-Autoren Bücher geschrieben, in denen die Technologie vorhanden ist, die wir zur Rettung der Erde benötigen.«

Agent Scott sah Vic direkt an.

»Und da kommen Sie ins Spiel. Wir möchten, dass Sie die Technologie aus diesen Büchern erschaffen. Nur so haben wir eine Chance.«

Vic lehnte sich nach vorne, kniff die Augen zusammen und schaute Scott eindringlich an.

»Unter zwei Bedingungen schaue ich mir Ihr Projekt an und entscheide, ob ich es für durchführbar halte«, sagte er nach einigen Augenblicken.

Vic hob den Zeigefinger der rechten Hand und hielt ihn Agent Scott direkt vor sein Gesicht.

»Erstens: Wenn ich die Technologie erschaffe und die ganze Sache ein gutes Ende nimmt, dann werden mir sämtliche Geräte ausgehändigt. Auch wenn das aus meinem Mund seltsam klingen mag, aber ich will nicht, dass jemand mit Dingen herumspielt, die er nicht versteht.«

Nach einer kurzen Pause hob Vic auch noch den Mittelfinger. Er genoss die Überraschung auf dem Gesicht von Agent Scott.

»Zweitens: Egal was passiert, ich habe an dieser Aktion nicht teilgenommen. Ich will keine Aufmerksamkeit, sondern meine Ruhe. Und wenn ich merke, dass doch etwas durchgesickert ist, dann haben Sie und Ihre Bosse ein akuteres Problem als den Vulkan.«

Zufrieden ließ er sich gegen die Rückenlehne der Sitzbank fallen und sah dem perplexen Agenten zu, wie dieser versuchte sich zu sammeln.

»Ich gebe zu«, begann er langsam, »dass ich mit anderen Forderungen gerechnet habe.«

»Was hätte ich denn fordern sollen?«, frage Vic.

»Ich kann mir beinahe alles, was ich brauche selbst herstellen, habe Geld und bis heute hatte ich auch meine Ruhe. Mehr brauche ich nicht.«

Der Wagen ruckelte plötzlich ein wenig auf und ab, bevor er stehen blieb.

»Ah, wir sind da.« Scott überging Vics Erklärung einfach. »Ich werde Ihre Bedingungen übermitteln. In der Zwischenzeit werden Sie sich einen Überblick über den Stand der Dinge machen können. Wir sehen uns dann später wieder.«

Sein geschäftiger Tonfall wurmte Vic etwas.

`Noch habe ich nicht zugesagt´, dachte er.

Dann stand er auf und folgte Scott durch die geöffneten Türen ins Freie. Scheinbar waren sie in einen der Nationalparks gefahren, denn um den Wagen herum erstreckte sich ein undurchsichtiges Waldstück. In der Ferne konnte er einige Berge ausmachen. Etwas geblendet stolperte er in die Richtung, in die der FBI-Mann gegangen war. Er kam nicht weit, da tauchte aus dem Dickicht vor ihm eine Frau auf.

`Wow, das ist doch mal die Definition von Fehl-Am-Platz´, schoss es ihm durch den Kopf.

Die Frau, sie musste ungefähr im gleichen Alter sein wie er, trug einen langen weißen Kittel und unbequem aussehende Laborschuhe. Ihre schwarzen Haare hatte sie hochgesteckt und Vic bemerkte, dass sie die Umgebung argwöhnisch beobachtete. Als sie vor ihm stand konnte er ihre dunkelbraunen, fast schwarzen Augen sehen, deren Argwohn nun ihm galt. Mit einem Ruck streckte sie ihm ihre Hand entgegen.

»Du bist Vic, richtig?«

Ohne eine Antwort abzuwarten redete sie auch schon weiter.

»Ich bin Steph und zu meiner Freude ist es meine Aufgabe dir einen Überblick zu geben.«

Sie ließ ihre Hand, die er nicht gegriffen hatte, genau so plötzlich wieder sinken, wie sie sie ihm entgegengestreckt hatte, drehte sich um und stapfte etwas unbeholfen zurück in die Richtung, aus der sie gekommen war.

`Na das scheint ja noch lustig zu werden. Agent Scott hat gar nicht erwähnt, dass ich es neben dem Vulkan auch noch mit Furien zu tun bekomme.´

Kaum hatte er den Gedanken zu Ende gedacht, da drehte sich Steph auch schon zu ihm um und blaffte ihn an.

»Kommst du oder willst du Wurzeln schlagen? Wir haben nicht den ganzen Tag Zeit.«

Vic wollte schon `Ich schon´ sagen, besann sich aber eines Besseren.

»Ich komme«, antwortete er und schloss zu ihr auf.

`Sie macht auch nur ihre Arbeit. Und bei dem was ich eben erfahren habe, dürfte es hier ziemlich stressig zugehen.´

Es war nicht so weit, wie er erwartet hatte. Nach wenigen Metern öffnete sich das Gelände zu einer kleinen Lichtung, an deren anderen Ende eine Felswand aufragte. Steph lief zielgerichtet darauf zu und bevor Vic etwas sagen konnte war sie auch schon in die Wand hineingetreten und verschwunden.

»Was zum...«, entfuhr es ihm.

Er machte ein paar zögerliche Schritte auf die Wand zu und streckte seine Hand aus. Sie glitt einfach hindurch. Als er sie gerade zurückziehen wollte griff etwas nach ihm. Er spürte, wie sein Schild den mutmaßlichen Angreifer abwehrte und die Hand zurückstieß. Er hörte ein überraschtes Aufkeuchen auf der anderen Seite des Hologramms. Besorgt machte er einen beherzten Schritt hindurch und fand Steph, die sich die Hand hielt.

`Die dürfte jetzt ein paar Minuten taub sein´, dachte er zufrieden, bevor er sich bei ihr entschuldigte. »Alles in Ordnung? Entschuldige, aber ich dachte Agent Scott hätte alle darüber informiert, dass ich durch ein Energieschild geschützt werde.«

»Diese Kleinigkeit scheint er wohl vergessen zu haben«, stieß sie etwas gepresst hervor, bevor sie versuchte ihrer Hand mit Schütteln wieder Leben einzuflößen.

»Das wird ein paar Minuten dauern, dann ist alles wieder wie vorher«, erklärte er zur Beruhigung und erntete einen weiteren argwöhnischen Blick.

Sie verkniff sich einen bissigen Kommentar und setzte ihren Weg fort durch eine Sicherheitsschleuse. Die beiden bewaffneten FBI-Agenten ließen sie beide ohne Kontrolle passieren. Dahinter kamen sie in eine riesige Lagerhalle, in der es geschäftig zu ging. Überall waren Forscher damit beschäftigt verschiedene Messinstrumente und Bildschirme zu überprüfen, sich etwas zu notieren und es anschließend weiterzugeben. So viele Menschen hatte Vic schon lange nicht mehr um sich gehabt und er merkte, wie er nervös wurde.

Sein Blick huschte hin und her, als erwarte er gleich einen Angriff. Er merkte gar nicht, dass er stehen geblieben war und nach einem sicheren Ort Ausschau hielt.

»...ic…….Vic, ist mit dir alles in Ordnung?«

Steph schob sich in sein Gesichtsfeld und zu seiner Überraschung zeigte sich auf ihrem Gesicht Sorge. Er konnte gerade noch seine Hand wegziehen, bevor sie ihn erneut am Arm zu fassen bekam.

»Nicht anfassen...«, presste er hervor und er sah, wie sich ein Schatten auf ihre Züge legte.

»Der Schild«, schob er nach und sie entspannte sich wieder.

»Was ist denn los?«

Ihre Stimme klang noch immer besorgt.

»Zu viele Menschen, darauf war ich nicht vorbereitet«, antwortete er leise.

»Oh«, machte Steph, die sofort verstanden hatte, worauf er hinaus wollte.

»Kannst du dein Schild deaktivieren? Dann führe ich dich und du kannst die Augen geschlossen halten, bis wir in meinem Büro sind.«

Vic nickte, griff zu seiner Uhr und drückte einen Knopf darauf.

»Der Schild ist aus«, sicherte er ihr zu.

Vic spürte die schmalen Hände der Forscherin an seinem Oberarm. Der Griff war sanfter als er erwartet hatte. Mit geschlossenen Augen ließ er sich durch die große Halle führen. Als der Klang ihrer Schritte sich veränderte öffnete er die Augen wieder und entzog ihr seinen Arm. Steph führte ihn durch einen kurzen Flur, von dem mehrere Türen abgingen. Vor der letzten blieb sie stehen. Sie zog eine Karte aus ihrem Kittel und hielt sie vor ein Lesegerät, bevor sie die Tür öffnete.

Nachdem er eingetreten war merkte Vic, wie die Anspannung von ihm abfiel.

»Danke!«

Mehr brachte er jetzt direkt nicht zustande, doch seine Botschaft kam an.

»Nicht der Rede wert«, antwortete Steph.

Sie stellte ihm ein Glas Wasser hin, das er in einem Zug leerte.

»Was war denn der Auslöser?«

»Die vielen Forscher, die durch die Halle gelaufen sind. Wenn ich mich darauf einstellen kann, dann habe ich die Panik unter Kontrolle, aber das kam eben zu unerwartet.«

Vic hatte seine Stimme langsam wieder unter Kontrolle. Je mehr er sprach, desto fester wurde sie.

»Danke nochmal für deine Hilfe, das wäre sonst ziemlich peinlich geworden, wenn ich da zusammengebrochen wäre.«

»Dir scheint ja einiges an deinem Image zu liegen«, stellte Steph fest.

»Naja, mir soll es egal sein. Ich bin jedenfalls froh, dass du nicht so ein arrogantes unnahbares Arschloch bist, für das ich dich zunächst gehalten habe.«

»Arrogant und unnahbar? Wie bist du denn zu der Einschätzung gekommen? Außerdem hast du mich mit deinem Blick doch quasi erdolcht, kaum dass du aus dem Wald aufgetaucht bist.«

Vic versuchte ihren Blick nachzumachen, doch scheinbar scheiterte er kläglich, denn Steph musste laut auflachen. Er konnte nicht anders und lachte mit. Es dauerte eine Weile, bis sie sich wieder gefangen hatten.

»Ich denke, damit sind wir quitt«, sagte Steph und Vic nickte bestätigend.

»Wollen wir uns dann um die wichtigeren Dinge kümmern? Ich glaube du wolltest mir einen Überblick über die Lage geben.«

»Richtig«, bestätigte Steph, jetzt wieder ernst und geschäftig. »Wie Agent Scott dir vermutlich bereits mitgeteilt hat, gibt es Grund zu der Annahme, dass die Magma-Kammer unter dem Yellowstone-Nationalpark instabil ist und ein verheerender Ausbruch bevorsteht.«

Sie drückte ein paar Knöpfe auf ihrer Tastatur und die Karte aus dem Transporter erschien auf ihrem Bildschirm.

»Ich bin leider nicht darüber im Bilde, wie du uns helfen kannst, denn ganz ehrlich, wie ein Vulkan-Experte siehst du nicht gerade aus, aber das FBI wird bestimmt seine Gründe haben.«

Sie sah Vic entschuldigend an, doch der zuckte lediglich mit seinen Schultern. Er war sich selbst noch nicht darüber im Klaren, was genau er hier sollte.

»Jedenfalls haben wir im Auftrag des FBIs verschiedene Szenarien entwickelt, wie man den Ausbruch theoretisch verhindern kann.«

Steph ließ ein paar Grafiken und Diagramme auf dem Bildschirm erscheinen.

»Ich will dich jetzt nicht mit den Details langweilen, aber die vielversprechendste Methode sieht vor, dass wir die riesige Magma-Kammer anbohren und die Wärme-Energie mittels Kraftwerken nutzbar machen. Das kühlt die Magma-Kammer ab und reduziert die Wahrscheinlichkeit eines Ausbruches enorm.«

Vic dachte darüber nach.

»Korrigier mich, aber das hört sich nach einer langfristigen und vor allem langwierigen Lösung an. Und wenn ich Scott richtig verstanden habe, gibt es eine akute Bedrohung.«

Steph seufzte.

»Dazu wollte ich jetzt kommen. Du hast Recht, die Kraftwerk-Lösung ist dauerhafter Natur. Doch die Gefahr liegt aktuell hier.«

Mit ein paar kurzen Klicks ließ Steph die Karte an einer Stelle näher heranzoomen und neben dem Magma-Kern erschien eine weitere riesige Kammer.

»Hier, in unmittelbarer Nähe zur Hauptkammer, liegt ein unterirdisches Wasser-Reservoir. Erste Berechnungen haben ergeben, dass wir noch etwa zwei Monate haben, bis das Magma diese Kammer erreicht. Und der dann entstehende Druck durch das verdampfende Wasser ist für uns nicht einzuschätzen. Im schlechtesten Fall löst es eine Kettenreaktion aus und die gesamte Kammer bricht aus.«

»Kein angenehmes Szenario«, kommentierte Vic. »Und was genau habt ihr euch als Gegenmaßnahme überlegt?«

»Zunächst müssen wir die Ausbreitung der Magma-Kammer verlangsamen oder vollständig aufhalten, damit wir mehr Zeit gewinnen. Wenn wir eine Barriere hätten, an der die Kammer nicht vorbei kann, könnten wir weitere Maßnahmen umsetzen. Die Sinnvollste wäre wohl das Wasser-Reservoir zu verlagern, doch dafür fehlt uns die Technik. In diesen Tiefen kann keine menschenmögliche Technologie dem Druck standhalten.«

94

»Und wie sieht es mit unmöglicher Technologie aus? Ich wette das FBI hat euch Wissenschaftler darum gebeten euch auch damit zu befassen und Ideen zu formulieren, was man in der Theorie bräuchte, um all das zu realisieren, oder?«

»Ja, aber ...«, stotterte Steph zur Antwort.

Scheinbar hatte Vic die Vorgehensweise exakt beschrieben.

»Na dann«, Vic stand auf und klatschte entschlossen in die Hände.

»Wenn ich noch mehr Theorie höre, dann schlafe ich ein. Ich denke ich weiß jetzt genug, um meine Rolle zu verstehen.«

Er sah Steph eindringlich an.

»Du sagtest, dass wir eine Barriere benötigen, die für das Magma undurchdringlich ist? Gibt es einen Raum, in dem ein Schildgenerator stehen könnte, den außer Scott, dir und mir niemand betreten kann?«

Sie sah ihn entgeistert an.

`Sie denkt jetzt bestimmt, dass ich verrückt bin´, dachte Vic. `Ich bin schon auf ihren Gesichtsausdruck gespannt, wenn ich richtig loslege.´

Auffordernd stand er vor der noch geschlossenen Tür und wartete auf eine Reaktion.

»Du meinst jetzt gleich?«

Vic nickte.

»Es gibt eine Lagerhalle, die das FBI für alle gesperrt hat. Von den Wissenschaftlern habe nur ich die Befugnis ihn zu betreten. Aber bisher ist er vollkommen leer.«

»Perfekt, bring mich da hin.«

Zögernd stand Steph auf, doch als Vic die Türe öffnete, lief sie an ihm vorbei und führte ihn tiefer in die Anlage und vorbei an mehreren Sicherheitstüren. In einer großen Lagerhalle blieb sie stehen. Wenige hochhängende Lampen warfen ein eher schwaches Licht, das nicht bis in die Ecken vordrang.

»Perfekt.«

Vic ging einige Schritte in die Halle hinein und wartete bis Steph die Türe geschlossen hatte.

»Dann zeige ich dir jetzt mal, warum Scott mich ins Boot geholt hat.«

Mit einer theatralischen Geste zog Vic eines seiner Miniatur-Bücher aus dem Gürtel und legte es effekthascherisch vor sich auf den Boden.

»Sieh genau hin«, raunte er in Stephs Richtung. »Aber halte etwas Abstand.«

Vic wartete kurz, bis Steph in einigem Abstand zu ihm in die Hocke ging. Dann berührte er kurz sein kleines Buch und im nächsten Augenblick stand ein koffergroßer Apparat neben ihm. Der Bildschirm leuchtete und ein leises Surren war zu vernehmen.

Steph war mit einem Keuchen rückwärts umgekippt und saß nun auf ihrem Hintern. Fassungslos blickte sie zwischen Vic und dem Gerät hin und her. Kein Ton kam über ihre Lippen, die sich in stetigem Rhythmus öffneten und schlossen.

»Vorführung gefällig?«, fragte Vic mit einem Grinsen und ohne eine Antwort abzuwarten tippte er ein paar Befehle auf dem Display ein. Dann nahm er eine Münze aus seinem Geldbeutel und warf sie in den Raum hinein. Statt in der Dunkelheit zu verschwinden, prallte diese von etwas Unsichtbaren ab und blieb direkt vor Steph auf dem Boden liegen.

Sichtlich vergnügt widmete sich Vic nun der reglosen Frau und hielt ihr seine Hand entgegen. Zögerlich ließ Steph sich auf die Beine helfen.

»Was ...? Wie ...?«

Sie brachte keinen geraden Satz heraus.

»Schöne Vorführung, Vic.«

Beide drehten sich um, als die Tür ins Schloss fiel und Agent Scott durch die Halle auf sie zu ging.

»Aber meinen Sie nicht, dass Sie der guten Dr. Berger da einen etwas zu großen Schreck eingejagt haben? Schließlich ist sie Wissenschaftlerin und unerklärliche Dinge sind ihr ein Graus.«

»Ich hatte mich schon gefragt, wann Sie auftauchen, Scott. Hat Ihnen meine kleine Darbietung gefallen?«

Selbstsicher stellte er sich zwischen den Agenten und Steph.

»Ich hatte nicht den geringsten Zweifel an Ihren Fähigkeiten, Vic. Wenn Sie jetzt noch einen vernünftigen Handscanner erschaffen, mit dem wir die genauen Koordinaten der Kammer bestimmen können, um das Schild zu kalibrieren, dann wäre Teil eins unseres Plans bereits erledigt.«

Vic schüttelte resigniert den Kopf und seufzte.

»Ihr vom FBI habt es immer so eilig.«

Er zog ein weiteres Buch aus seinem Gürtel und im nächsten Moment hatte es sich in einen tabletartigen Gegenstand verwandelt. Jetzt fand auch Steph ihre Sprache wieder.

»Das Buch ist einfach verschwunden ...«

Mit ein paar Bewegungen hatte Vic ein Abbild der Erdkruste auf dem kleinen Bildschirm aufgerufen und wenige Augenblicke später gab er die Koordinaten in den Schildgenerator ein.

»Das sollte bei voller Schildleistung lange genug halten«, murmelte er vor sich hin, bevor er lauter fortfuhr.

»Agent Scott, Ihre Wissenschaftler werden wohl in ein bis zwei Tagen bemerken, dass sich die Magma-Kammer nicht mehr in Richtung des Wasser-Reservoirs ausbreitet.«

»Gute Arbeit, Vic«, lobte Scott. »Dann können wir ja mit Phase zwei beginnen.«

»Bevor Sie jetzt anfangen, mich mit den Details zu quälen habe ich eine Bitte.«

Vic sah dem Agenten direkt in die Augen.

»Schießen Sie los«, forderte dieser ihn auf.

Vic blickte kurz zu Steph, bevor er antwortete.

»Ich möchte Steph in Ruhe alles erklären und sie ins Vertrauen ziehen. Sie hat ein Recht darauf zu verstehen, was wir hier machen.«

Scott fixierte die junge Wissenschaftlerin.

»Sie wissen, dass Sie zu Geheimhaltung verpflichtet sind, Dr. Berger?«

Steph nickte unsicher.

»Sie scheinen es unserem Book-Boy ja angetan zu haben«, schmunzelte Scott. »Soweit wir wissen hat er noch nie jemandem etwas über seine Fähigkeit erzählt.«

»Book-Boy?«

Vic schnaubte verächtlich.

»Verscherzen Sie es sich nicht mit mir, Scott. Das könnte üble Folgen haben. Es ist also ok, wenn ich Steph einweihe?«

Der Agent nickte zustimmend.

»Das ist gut. Ach und noch etwas,« ergänzte Vic. »Verschonen Sie mich bitte mit unnötigen Details. Eigentlich muss ich nur wissen, was Ihre Wissenschaftler brauchen. Und wo wir schon dabei sind, ich nehme an sie haben da ein paar Bücher für mich.«

»Was für Bücher?«

Steph schien ihre Schockstarre endlich überwunden zu haben.

»Unser FBI-Freund hier hat eure Thesen dafür verwendet ein paar Autoren Geschichten schreiben zu lassen, in denen die Technik vorkommt, die wir jetzt benötigen. Alles in dem Wissen um meine Fähigkeit.«

»Stimmt das?«, fragte Steph und sah Agent Scott skeptisch an.

»Was Book-Boy sagt«, war alles was dieser antwortete.

»Ist das der Name meiner Akte? Ihr hättet euch auch was Besseres einfallen lassen können«, erwiderte Vic gekränkt.

Steph sah ihn ungläubig an.

»Du besitzt eine solche Fähigkeit und nutzt sie nicht zum Wohle der Menschheit?«

Der Vorwurf in ihrer Stimme traf ihn heftiger, als er es erwartet hatte.

»Was meinst du, was ich gerade mache? Den Rest erkläre ich dir später. Denn was Agent Allwissend hier noch nicht weiß ist, dass ich das ganze hier nicht im Handumdrehen erledigt haben werde.«

Irritiert und fragend blickte der Agent ihn an.

»Was meinen Sie?«

Vic schüttelte den Kopf.

»Doch nicht so gut informiert, wie er es uns glauben lässt.«

Ein Lächeln huschte über seine Lippen.

»Wie viele Bücher haben Sie denn für mich, Scott?«

»Ich meine, dass wir auf gut zwei Dutzend kommen, wenn ich dem aktuellen Stand glauben darf.«

Seufzend schloss Vic die Augen.

»Dann darf ich Sie jetzt darüber informieren, dass meine Fähigkeit Begrenzungen hat, von denen Sie nichts wissen. Nicht nur, dass ich nur eine begrenzte Anzahl Gegenstände pro Tag herstellen kann, die auch in ihrer Größe und Masse eingeschränkt sind. Nein, ich muss jedes Buch, aus dem ich einen Gegenstand extrahieren möchte auch vollständig gelesen haben. Also hoffe ich, dass es hier einen bequemen Rückzugsort gibt, an dem ich die nächsten Wochen lesend verbringen kann. Denn leider bin ich kein besonders schneller Leser.«

Ohne sich seine Überraschung anmerken zu lassen antwortete der FBI-Agent.

»Das lässt sich bestimmt einrichten. Ich werde mich sofort darum kümmern.«

Er machte Anstalten den Raum zu verlassen, doch Vic war noch nicht fertig.

»Und veranlassen Sie auch, dass an jedem Buch genau steht, welcher Gegenstand benötigt wird. Die Details will ich gar nicht wissen, solange Sie sich an unsere Abmachung halten.«

Mit einem bestätigenden Winken öffnete Scott die Tür und ließ Vic mit Steph alleine.

»Book-Boy ...«, murmelte Vic und schüttelte genervt den Kopf.

Steph sah ihn weiterhin ungläubig und vorwurfsvoll an.

»Jetzt bin ich auf deine Erklärung gespannt. Warum hast du diese Fähigkeit versteckt? Weißt du eigentlich, was du damit alles hättest tun können?«

Vic sah sie aufmerksam und ernst an.

»Glaub mir, ich habe lange und viel darüber nachgedacht.«

Er seufzte resigniert.

»Aber wenn ich durch die Fähigkeit Eines gelernt habe, dann dass die gute Absicht hinter einer Tat nicht unbedingt dazu führt, dass ein positiver Effekt erzielt wird. Außerdem bin ich selbst das beste Beispiel dafür, wie schwach die Menschen im Angesicht unbegrenzter Möglichkeiten sind.«

»Wie meinst du das?«

Steph war näher an ihn heran getreten.

»Kann ich dir das vielleicht morgen erklären? Die Fähigkeit zu nutzen hat ihren Preis und ich habe heute alle meine vier Gegenstände aufgebraucht. Ich bin erschöpft und hatte, seit ich zu Agent Scott in den Wagen gestiegen bin, keine Pause mehr.«

Sie sah ihm lange forschend ins Gesicht. Anscheinend fand sie was sie suchte, denn sie nickte.

»In Ordnung, ich warte bis morgen. Komm, ich zeige dir die Unterkünfte.«

Sie berührte Vic sanft am Arm, um ihn zum mitkommen zu bewegen. Dieser folgte ihr durch die verzweigten Gänge der Anlage.

»Wie findest du dich hier eigentlich zurecht? Ich hätte mich längst verlaufen«, fragte Vic, um ein Gespräch in Gang zu bringen.

»Das erzähle ich dir ein anderes Mal.«

Ein Lächeln huschte über Stephs Gesicht.

»Es gefällt mir, dass du ohne mich aufgeschmissen bist.«

Vor einer Tür blieb sie stehen.

»Hier, das ist dein Zimmer. Ich komme dich morgen früh um 9 Uhr wieder abholen. Schlaf gut.«

Ohne eine Antwort abzuwarten drehte sie sich um und ließ Vic stehen. Dieser schüttelte verwirrt den Kopf und betrat sein Zimmer. Kaum war die Tür hinter ihm geschlossen, da zog er auch schon das Tablett heraus, mit dem er vorhin die Koordinaten der Wasserkammer bestimmt hatte.

´Dann schauen wir uns diese Anlage mal genauer an. Wo Steph wohl gerade hingeht?´

Mit zwei kurzen Befehlen hatte er den Plan auf dem Bildschirm und ein Punkt bewegte sich von seiner Position weg. Er verfolgte ihn, bis er einen Raum betrat und sich nicht mehr bewegte.

`Als ob ich ohne sie aufgeschmissen wäre. Das lass ich mir nicht bieten.´

Am nächsten Morgen stand er früh auf und machte sich mit Hilfe der Karte auf den Weg zu ihrem Zimmer. Er musste nicht lange warten, bis die Tür aufging und Steph auf den Gang trat. Erstaunt zog sie eine Augenbraue hoch und musterte ihn.

»Wie hast du mein Zimmer ge ...«, setzte sie an.

»Nein, sag es mir lieber nicht.«

Sie schüttelte den Kopf.

»Ich beginne zu verstehen, was du mit den unbegrenzten Möglichkeiten gestern andeuten wolltest. Komm, lass uns was frühstücken gehen.«

Vic folgte ihr in die Mensa, in der es schon recht voll war. Er blieb in der Tür kurz stehen, worauf sich Steph erschrocken umdrehte.

»Entschuldige, ich habe nicht daran gedacht, dass das zu viel für dich sein könnte.«

Er wollte gerade schon abwinken, schließlich hatte er sich darauf einstellen können, dass es in der Mensa voll sein würde. Doch da redete Steph schon weiter.

»Warte kurz, ich hole uns was und dann essen wir bei mir im Büro.«

Kurzerhand ließ sie ihn stehen und schlängelte sich an den anderen Forschern vorbei.

`Was war das denn jetzt? Ich werde aus ihr einfach nicht schlau´, dachte Vic und beobachtete Steph dabei, wie sie mit einem vollen Korb den Rückweg antrat.

»Wenn du mit mir alleine sein möchtest, dann kannst du das auch einfach sagen«, witzelte Vic als Steph ihn erreichte.

Er erntete verdrehte Augen und ohne einen Kommentar ging sie an ihm vorbei.

»Lass mich wenigstens auch was tragen, das sieht schwer aus.«

Er hatte es kaum ausgesprochen, da hatte er auch schon den Korb in der Hand und Steph war bereits um die nächste Ecke gebogen. Kopfschüttelnd folgte er ihr.

Das Frühstück verlief schweigend. Vic hatte den Eindruck, dass Steph schmollte, doch er wollte nicht nachfragen und es noch schlimmer machen. Erst als sie fertig waren sah Steph ihn erwartungsvoll über den Tisch hinweg an.

»Jetzt erklär mir bitte, was du gestern damit meintest, dass die Menschen schwach sind.«

Vic seufzte.

»Ok, wo fange ich an.«

Er überlegte kurz.

»Eigentlich ist es ganz einfach. Ich will dir auch nicht meine ganze Lebensgeschichte erzählen. Als ich die Fähigkeit entdeckt habe war ich 16 und zunächst geschockt. Ein Buch hatte sich direkt vor meinen Augen in Luft aufgelöst und einen unscheinbaren goldenen Ring zurückgelassen. Nebenbei, es war der Herr der Ringe, den ich gerade beendet hatte. Ich hatte lediglich den Gedanken gehabt, dass es nett wäre diesen Ring zu haben, der unsichtbar macht. So wie vermutlich jeder zweite Leser. Nur dass ich den Ring nun tatsächlich hatte. Besser noch, er funktionierte und hatte nicht mal die bekannten Nebenwirkungen, denn Sauron hatte ich natürlich nicht erschaffen.«

Vic machte eine kurze Pause und trank einen Schluck Kaffee.

»Du hast den Einen Ring erschaffen?«

Steph machte große Augen.

»Unbeabsichtigt, ja. Und natürlich habe ich ihn auch genutzt. Hier kommen wir zu dem Punkt, an dem viele Menschen schwach sind. Mit dem Ring habe ich eine Menge Unsinn angestellt. Leute erschreckt, Bücher geklaut und unbemerkt Klausuren aus dem Lehrerzimmer mitgehen lassen. Gleichzeitig habe ich immer neue Bücher gelesen, habe mir eine Sammlung der seltsamsten Dinge erstellt, mir Geld beschafft und die Grenzen der Fähigkeit ausgelotet. Anfangs habe ich die Geldscheine einzeln erschaffen, aber vier pro Tag waren dann doch zu wenig. Außerdem gibt es nicht so viele Bücher in denen große Scheine erwähnt werden.«

Er trank noch einen Schluck.

»Im Nachhinein bin ich nicht sonderlich stolz auf diese Zeit. Ich habe viel gelesen und mit jedem Buch ist mir klarer geworden, dass meine Fähigkeit eine Menge Risiken birgt und dass ich den Versuchungen erlegen bin, die sie mit sich gebracht hat. Und das hat mich am Ende in meine Isolation getrieben. Ich kenne keinen Menschen, und kann mir auch keinen vorstellen, der meine Fähigkeit nicht missbrauchen würde. Ich tue es schließlich noch immer, wenn auch in einem für mich vertretbaren Rahmen. Durch mich kommt niemand zu Schaden. Wenn ich aber mit der Technologie, die ich erschaffe, an die Öffentlichkeit treten würde, meinst du, dass niemand auf die Idee käme sie für seine Zwecke zu missbrauchen?«

Vic schüttelte resigniert den Kopf.

»Nehmen wir den Schildgenerator, den ich gestern erschaffen habe. Wir nutzen ihn jetzt, um das Magma vom Wasser abzuhalten. Wenn ich ihn Agent Scott überlassen würde, wer garantiert mir, dass als nächstes nicht Menschen davon abgehalten werden ihr Haus zu verlassen oder Soldaten wie unverwundbar durch die Gegend laufen, während ihre Gegner ungeschützt sind?«

Steph schwieg betreten und sah zu Boden.

»Das ist auch der Grund, warum ich alle Dinge, die ich erschaffe, von Scott zurück haben möchte, wenn die Krise vorüber ist. Um jeglichen Missbrauch auszuschließen. Ich bin kein Held, um es mit der heute geläufigen Terminologie zu sagen. Ich will aber auch kein Schurke sein. Darum habe ich mich zurückgezogen und halte mich aus allem raus.«

Jetzt sah Steph auf.

»Aber du hilfst uns doch, oder nicht? Du bist hier und machst das Richtige. Ein wirklicher Held zeigt sich nur in Zeiten größter Not. Macht dich das nicht zu einem Helden?«

Vic lächelte sie an.

»Danke Steph, das ist nett von dir, aber wenn ich ehrlich sein soll, dann bin ich nur hier, weil Agent Scott mir gezeigt hat, dass auch mein Leben von der ganzen Geschichte beeinflusst würde. Er hat mir eigentlich keine wirkliche Wahl gelassen.«

»Du hättest das Land verlassen können, du hättest dich mit deiner Technik schützen können. Aber du hast dich entschieden zu helfen und damit Leben zu retten. Du hattest eine Wahl und du hast dich für das entschieden, was deiner Meinung nach richtig ist.«

Steph hielt seinem Blick stand.

»Für mich bist du ein Held. Keiner dieser strahlenden Superhelden, wie wir sie aus den Filmen kennen. Sondern einer der sich seiner eigenen Situation bewusst ist, seine Schwächen kennt, die Auswirkungen seiner Fähigkeit überdenkt und entsprechend handelt.«

Jetzt lächelte sie ihn an.

»Und ich bin dir sehr dankbar, dass du mir erklärt hast, warum du tust, was du tust. Ich glaube, dass du ein stärkerer Mensch bist, als du dir selbst zugestehst. Die Entscheidung sich herauszuhalten um Missbrauch zu verhindern ist viel schwieriger, als sich ohne Gedanken an die Konsequenzen in alles einzumischen.«

Steph legte ihre Hand auf Vics.

»Du hast meine volle Unterstützung, und wenn du dir nicht sicher bist, dann zögere nicht dir eine zweite Meinung einzuholen. Du bist mit dem Wissen um deine Fähigkeiten jetzt nicht mehr alleine.«

Vic wusste nicht, was er antworten sollte. Mit einer solchen Reaktion hatte er nicht gerechnet. Ein Lächeln stahl sich auf seine Lippen und er drückte mit seiner freien Hand die von Steph.

»Ich glaube nicht, dass ich es so sehen kann, aber ich bin dir sehr dankbar für das, was du gesagt hast. Vielleicht hätte ich schon früher einen Mitwisser gebraucht. Du hast mir auf jeden Fall etwas zum Nachdenken gegeben.«

Langsam erhob sich Vic.

»Dann sollte ich mich jetzt mal an die Arbeit begeben, um deinem Bild von mir gerecht zu werden.«

Er zwinkerte ihr zu.

»Die nächsten Wochen bin ich leicht zu erkennen. Ich bin der mit der Nase in einem Buch.«

»Wenn du was brauchst, dann sag Bescheid. Ich werde dafür sorgen, dass du alles bekommst. Und wenn es für dich in Ordnung ist würde ich mich freuen, wenn wir zusammen frühstücken können.«

Sie lächelte ihn an und Vic musste sich eingestehen, dass ihm das gefiel.

»Gerne. Ich hoffe aber für dich, dass die Bücher halbwegs spannend sind, sonst werde ich unerträglich.«

Die nächsten Wochen verbrachte Vic damit, alle Bücher zu lesen und die benötigten Geräte zu erschaffen, um den Bau eines Kraftwerkes zu realisieren und das Wasservorkommen zu verlegen. Zum Glück hatte das FBI Wissenschaftler nach ihren Vorschlägen gefragt, denn so waren die Dinge, die Vic erschuf nicht so futuristisch und unmöglich, wie er zunächst befürchtet hatte.

`Unser Wissen um das was möglich wäre, wenn wir die entsprechende Technologie hätten, ist erstaunlich.*

In wenigen Jahren kann es diese Technologie geben, selbst wenn ich sie jetzt nicht aus dem Nichts erschaffen würde.'

Vic war von den Wissenschaftlern beeindruckt. Auch Steph hatte ihn noch einmal überrascht, als er erfuhr, dass fast die Hälfte der Vorschläge von ihr gekommen waren.

Nach gut einem Monat hatte Vic endlich alle Bücher gelesen. Die Wasserkammer war bereits verlegt worden, nachdem der Schildgenerator über fünfzig Prozent seiner Energie verloren hatte, und die unmittelbare Bedrohung war recht unspektakulär abgewendet worden. Agent Scott beaufsichtigte den Bau der ersten beiden Wärme-Kraftwerke und achtete darauf, dass die Gerätschaften nicht verschwanden.

Müde legte Vic die letzten beiden Teile auf den Tisch im Lesezimmer. Er wollte es sich eigentlich nicht eingestehen, aber es fühlte sich gut an. Die ganze Sache hatte ihm gezeigt, dass seine Fähigkeit auch zu etwas Gutem zu gebrauchen war. Trotzdem zögerte er noch. So einfach konnte er sein negatives Menschenbild nicht ablegen. Er war sich nicht einmal sicher, ob er das überhaupt sollte, denn solange er sich darüber bewusst war, dass es Menschen gab, die etwas missbrauchen konnten, solange konnte er verhindern, dass gefährliche Technologie überhaupt erst entstand.

Er rieb sich die Schläfen, als Steph mit zwei Tassen Kaffee eintrat.

»Du bist fertig?«, fragte sie mit einem Blick auf den Tisch und stellte die Tassen ab.

»Ja, habe gerade eben die letzte Seite gelesen.«

Vic gähnte.

»Das ist großartig.«

Selbst in seinem müden Zustand bemerkte Vic, dass Steph nicht besonders begeistert wirkte.

»Was ist los? Ich dachte wir feiern heute Abend, dass ich die Welt gerettet habe.«

Vic lächelte, doch Steph erwiderte das Lächeln nicht.

»Ja, das hast du. Und eine Feier hast du dir auch verdient, aber ...«

Den Rest ließ sie unausgesprochen.

»Aber ...?«, hakte Vic nach.

Statt eine Antwort zu geben ging Steph um den kleinen Tisch herum, direkt auf Vic zu und küsste ihn.

»Aber ich will nicht, dass du gehst«, sagte sie, nachdem sie sich von ihm gelöst hatte. »Jetzt wo du fertig bist, hast du keinen Grund mehr hier zu bleiben und ...«

Mehr konnte sie nicht mehr sagen, denn nun küsste Vic sie seinerseits.

»Ich denke, dass ich einen sehr guten Grund habe«, sagte er und grinste Steph an. »Wobei ich es besser fände, wenn du mit zu mir kämst, bei mir ist es weitaus gemütlicher.«

Sein Blick fiel auf die kahlen Bürowände.

»Aber meine Forschung?«, brachte Steph noch einen halbherzigen Einwand über die Lippen.

»Meinst du nicht, dass du die mit mir an deiner Seite überall weiterführen kannst?«

Vic sah sie fragend an.

»Du hast Recht, auch wenn das sehr selbstsüchtig von dir ist.«

»So bin ich eben«, gab Vic zurück und nahm Steph in den Arm.

Wächter
der Nacht

Fabienne Siegmund

Für alle Teddybären dieser Welt!

Piglet sidled up to Pooh from behind.
"Pooh!", he whispered.
"Yes, Piglet?"
"Nothing", said Piglet, taking Pooh's paw.
"I just wanted to be sure of you."

(A.A. Milne, Winnie Pooh)

Jeder Teddybär dieser Welt kannte die eine, unumstößliche Wahrheit: Wenn die Nacht die letzten Sonnenstrahlen eines Tages verschluckte, erwachten die Monster. In den Schränken. Unter den Betten. In alten Truhen und manchmal auch in den Schatten, die ein Stuhl werfen konnte, wenn der Mond besonders hell durch das Fenster schien.

Auch Barney wusste das. Allabendlich begann seine Nase zu kribbeln, sobald der erste Stern am Himmel aufblitzte. Leuchtete der dritte Stern, schärften sich die Blicke seiner schwarzen Knopfaugen und spätestens mit Erscheinen des siebten konnte er seine honigfarbenen Plüschglieder bewegen. Dann drehte er zunächst langsam den Kopf, um zu schauen, ob der Junge da war, an dessen Kopfkissen er Wache hielt.

Tagsüber spielte der Junge, den die großen Menschen Justus nannten, mit Barney. Schleppte ihn überall mit hin, mal an einer Tatze, mal an dem einem Ohr, das ihm noch verblieben war. Justus hatte es ihm einmal abgerissen. Es hatte nicht einmal wehgetan, zumindest nicht sofort. Erst am Abend, mit dem lebendig werden, war etwas gekommen, das Schmerz gewesen sein musste.

Da war etwas aus seinem Kopf gekommen, durch ein Loch, und die Welt war leiser geworden und seither so geblieben. Auch wenn das Loch am Abend danach verschwunden gewesen war.

Doch obwohl Barney damit wirklich wie ein verwegener Teddybär von Welt aussah, hatte er noch nie ein Monster zu Gesicht bekommen. Ganz heimlich glaubte er manchmal sogar, dass es gar keine Monster gab.

Trotzdem wachte er Nacht für Nacht über den kleinen Justus, der manchmal im Schlaf nach seiner Tatze griff oder ihn auch mal traumtrunken vom Bett warf.

Dann kletterte Barney langsam wieder an der Bettdecke entlang nach oben, genau dorthin, wo er immer saß.

So verging die Zeit. Justus wurde größer, und Barney blieb manchmal tagelang einfach auf seinem Platz über dem Kissen sitzen, ohne durchs Haus getragen oder wenigstens nur feste in den Arm genommen zu werden.

Dann aber veränderte sich etwas in dem Haus. Von einem Tag zum anderen verschwand alles Lachen. Stattdessen wurde sehr viel geweint. Barneys felliges Bäuchlein wurde nass und schwer von all den Tränen, und manchmal drückte Justus seinen Teddy selbst in der Nacht so feste an sich, dass der Bär sich gar nicht mehr rühren konnte.

Und dann kam die Nacht, in der Barney plötzlich das Kratzen hörte. Justus schlief unruhig, seine inzwischen recht große, aber immer noch nicht riesige Hand hielt seine Pfote. Der Teddybär aber richtete sich ein wenig auf. Das kleine Stoffherz in seiner Brust machte einen Purzelbaum.

Da. Da war es wieder. Ein Kratzen, ein Schaben, ein Schnaufen. Es kam von unter dem Bett.

Vorsichtig löste Barney die Pfote aus der Hand

des Jungen. Justus regte sich, aber seine Augen blieben geschlossen. Trotzdem floss da eine Träne über sein Gesicht und der Bär musste gegen den Drang ankämpfen, die gerade losgelassene Hand wieder zu ergreifen. Aber das ging nicht. Er musste bereit sein.

Die Geräusche erklangen erneut. Wurden lauter, kamen näher. Bald, bald würde das Monster unter dem Bett hervorkommen.

Noch wuchs es. Labte sich an der Angst, die in schlimmen Träumen wohnte. Spitzte seine Zähne an dem leisen Schaudern, das die schlafenden Kinder überkam, unbemerkt, nicht mehr als ein Windhauch, der sie streifte. Gestalteten ihr Antlitz nach dem Geschmack im Schlaf fallender Tränen.

Oh ja. Die Monster verstanden ihr Handwerk.

Barneys Bärenbäuchlein zog sich zusammen. So viele Tränen, die Justus geweint hatte.

Selbst jetzt kräuselte sich die Stirn des Kindes, fast so, wie es der große Mensch es immer getan hatte, der Justus abends immer zugedeckt hatte. Jetzt kam er nicht mehr, würde es nie mehr tun.

Der Mann war jetzt im Himmel, auch wenn der Bär ihn nirgends sehen konnte, wenn er nach oben blickte. Aber vielleicht sah man ihm nur am Tag und nicht, wenn es dunkel war.

Ein Grollen kam aus den tiefen Schatten unter dem Bett.

Beinahe blieb das kleine Bärenherz stehen, dann aber straffte sich Barney und erhob sich ein wenig ungelenk wankend auf seine Hinterbeine.

Gleich, gleich würde es soweit sein.

Schon verlängerten sich die Schatten, die unter dem Bett hervorkrochen, auf unnatürliche Weise. Malten eine Kontur an die Wände.

Barney trat zum Bettrand.

Wie von selbst richtete er sich auf, bis er so groß war, wie er es nur sein konnte. Ein entschlossener Ausdruck legte sich auf sein weiches Gesicht, sogar seine sonst hinter einem Lächeln verborgenen Zähne blitzten im Mondlicht auf.

Kein Monster würde diesem Jungen ein Haar krümmen.

Sein Bärenherz füllte sich mit Mut.

Er war ein Teddybär. Genäht und gestopft, mit Knopfaugen und der Magie versehen, die einem wahren Teddy innewohnt.

Der Glaube des Kindes.

Das unumstößliche Vertrauen, dass der plüschige Freund niemals gehen würde.

Die Liebe, die das Bärenherz schlagen ließ.

Die Schatten wuchsen. Das Grollen wurde lauter, vermischte sich mit einem Schmatzen und Geifern. Scharfe Krallen klackerten über den Boden. Und ja, da war es.

Dunkel wie die Schatten und doch deutlich davon zu trennen, die Augen gefährlich rot leuchtend, die Zähne blitzend scharf glänzend. Das Gesicht war zugleich spitz und rund, gleichmäßig und unförmig, kahl und borstig, vor allem aber furchterregend. Die riesigen Nasenlöcher öffneten und schlossen sich witternd.

Das Untier suchte nach den Jungen!

Dann tauchte das Monster komplett hinter dem Bett auf, groß und ungeheuerlich.

Und Barney hob die Pfote, streckte sie ihm stumm entgegen.

Eine Geste, die jedes Monster auf der Welt kannte, gleich wie groß oder klein, wie schmächtig oder mächtig es war.

Das Monster kniff die Augen zusammen, wich ein wenig zurück.

In der nächsten Sekunde hielt Barney jene Waffen in den Pfoten, die jeder Teddybär durch seinen Mut und seine Liebe erschaffen konnte: Das Schwert, um das Monster notfalls zurückzuschlagen und den Schild, um sich und das Kind seines Bärenherzens zu schützen.

Entschlossen trat Barney auf den Bettrand zu. Das Schwert berührte die Nase des Monsters, das schmerzlich winselte.

Denn wenn die Angst vom Mut berührt wird, schlägt er ihr eine tiefe Wunde.

Schon wurden die Schatten, die es ausgespuckt hatten, kürzer. Das Schaben der Krallen veränderte sich, führte fort von dem Bett, nicht länger hin.

Barney stieß ein tiefes Teddyknurren aus und schlug erneut mit dem Schwert in Richtung des Monsters. Dieses Mal traf er es nicht, aber das Untier wich dennoch zurück. Zentimeter um Zentimeter wich es zurück in die Schatten, wurde kleiner, kroch unter das Bett.

Doch Monster waren hinterhältig, und so zog es im letzten Augenblick an der Decke, sodass Barney in den dunklen Abgrund neben dem Bett fiel, dem Monster hinterher. Laut brummend streckte er den Schwertarm aus. Das Ungeheuer war schon fast unter dem Bett verschwunden, nur sein gieriges Maul schaute noch hervor, weit aufgerissen, bereit, den Teddy zu verschlingen, damit es in der folgenden Nacht freie Bahn haben würde.

Aber Barneys Schwert traf es, mitten im Rachen, ehe der Teddybär mit einem leisen Rumpeln auf den Boden fiel.

Kein Monster war mehr dort.

Nur noch eine Ahnung, eine Erinnerung, die mit dem Erwachen des Morgens verschwand, ebenso wie das Schwert und der Schild und all die Schatten.

Barney erstarrte.

Am Abend saß er wieder über dem Kopfkissen des Bettes. Mit dem Erwachen des ersten Sterns begann seine Nase zu kribbeln. Das Aufleuchten des dritten Sterns schärfte seine Blicke. Mit dem siebten Stern konnte er seine honigfarbenen Plüschlieder bewegen. Wie immer drehte er den Kopf, um zu sehen, ob es Justus gut ging.

Er hatte wieder geweint, am Tag.

Barneys Bäuchlein war noch ganz feucht.

Die Monster würden kommen.

Aber er war gewappnet, wie es alle Teddybären dieser Welt sind.

Zivilcourage

Kerstin Radermacher

Aaron saß nach einem langen Büroarbeitstag am späten Abend im wenig besetzten Abteil der Subway und las in der Tageszeitung, die er sich zuvor noch schnell am Kiosk geholt hatte. Als die Bahn an der nächsten Station hielt, stiegen zwei junge Männer ein, die sich auf zwei freie Plätze auf der anderen Seite des Abteils fallen ließen. Zunächst fielen sie Aaron gar nicht auf, dann aber begannen sie, die Menschen um sich herum anzupöbeln. Aaron riskierte einen Blick hinter seiner Zeitung hervor. Wie die beiden schon aussahen mit ihren zerrissenen Jeans und speckigen Lederjacken. Und die Haare schienen sie auch nicht gekämmt zu haben. Er schüttelte den Kopf und wandte sich wieder dem Artikel zu, den er gelesen hatte. Nach und nach standen immer mehr der Passagiere auf und suchten sich einen anderen Platz, der weiter entfernt von den beiden war. Lediglich eine junge

Frau schien von alldem nichts mitzubekommen. Sie war in ein Buch vertieft und hatte Kopfhörer auf, wie Aaron mit einem weiteren kurzen Blick feststellte.

`Was sind das nur für schreckliche Menschen? Die benehmen sich wirklich unmöglich!´, dachte er bei sich, hob jedoch seine Zeitung ein wenig höher in der Hoffnung, dass die Männer ihn nicht bemerkten und in Ruhe ließen.

Er wollte sich keinen Ärger einhandeln. Und tatsächlich würdigten ihn die beiden keines Blickes. Ihre Aufmerksamkeit galt allein der jungen Frau. Jetzt standen sie auf und setzten sich direkt wieder, so dass die junge Frau zwischen ihnen saß. Als sie hierauf nicht reagierte, wurden die beiden Männer frecher und versuchten, ihr das Buch aus den Händen zu nehmen und zogen ihr den Kopfhörer von den Ohren und riefen ihr etwas zu. Bei all diesen Aktionen grölten und lachten sie so laut, dass es durch das ganze Abteil zu hören war. Jedoch griff niemand ein, obwohl es alle mitbekamen, Aaron sah die verstohlenen Blicke, die die anderen Passagiere genau wie er auf die Situation richteten. Er selbst rührte sich auch nicht. Nachher würde er sich noch seinen Anzug schmutzig machen. Als es der Frau zu viel wurde, stand sie just in dem Moment auf, als die Bahn abrupt um eine Kurve fuhr, so dass sie versehentlich auf den Schoß des einen Mannes fiel. Beide Männer fassten dies sofort als Einladung auf und fingen an, sie noch weiter zu bedrängen und zu betatschen. Die Frau wollte aufstehen, doch der, auf dessen Schoß sie gelandet war, hielt sie fest umklammert und versuchte, ihr mit der

Zunge durchs Gesicht zu lecken, während der andere seine Hand auf ihren Oberschenkel legte, um unter den Rock zu gelangen. Die Frau schrie auf und wollte sich wehren, aber die Arme umfingen sie wie einen Schraubstock.

`Warum hilft ihr denn niemand? Warum schauen alle weg?´, fragte sich Aaron hinter seiner Zeitung.

Einen Moment später wurde ihm bewusst, dass er ja bis jetzt auch nichts getan hatte, und er schämte sich. Doch er merkte, dass unter seiner Scham etwas anderes empor kroch. Wut. Wut auf die beiden Männer, Wut auf die anderen Passagiere, vor allem aber Wut auf sich selbst.

`Das kann so nicht weitergehen. Ich kann das nicht akzeptieren. Ich muss etwas tun. Vielleicht, wenn ich aufstehe, stehen noch weitere Passagiere auf. Gemeinsam sind wir stärker als die beiden´, redete Aaron sich zu.

Er fasste sich ein Herz, stand auf und ging zu den Männern rüber.

»Hey, was soll das? Lasst gefälligst die Frau in Ruhe!«

Aaron erschrak fast vor sich selbst, so laut und bestimmend hatte er noch nie gesprochen. Doch seine Reaktion zeigte Wirkung. Wenn auch nicht auf die beiden Männer, die ihn nur herablassend ansahen und »Verpiss dich, Alter« sagten, sondern auf weitere Passagiere im Abteil. Diese standen ebenfalls auf und kamen näher, einer schien durch die Abteile zum Zugführer zu gehen. Als sie gemeinsam mit Aaron vor den beiden Männern standen, ließen diese endlich von der Frau ab. Diese stand schnell auf und stellte sich zitternd hinter Aaron, während die Männer beschwichtigend die Hände hoben.

»Schon gut, schon gut. Was soll der Aufstand, wir haben doch gar nichts gemacht«, versuchte einer der beiden zu beschwichtigen. Sein Lächeln stand jedoch im krassen Gegensatz zu seiner Aussage.

»Genau. War doch nur Spaß, nicht war, Kleines?«

Der zweite Mann feixte in Richtung der jungen Frau, die immer noch am ganzen Körper zitterte und abwehrend den Kopf schüttelte. Beide Männer standen auf und versuchten, in das nächste Abteil zu kommen, doch alle, die aufgestanden waren, hinderten sie daran und hielten sie fest, bis an der nächsten Station zwei Police Officer einstiegen, die durch den Zugführer informiert worden waren, und die beiden Männer mitnahmen.

»Danke, dass Sie den Mut hatten, einzuschreiten. Ich weiß nicht, wo das noch geendet hätte«, sagte die junge Frau zu Aaron, bevor sie ebenfalls ausstiegen und mit den Officern mitgingen, um ihre Aussagen zu machen.

Auch die weiteren Passagiere gratulierten Aaron und klopften ihm zur Anerkennung auf die Schulter, während er die Subway verließ.

»Ach, das war noch nichts. Wenn nicht ich, dann wäre ein anderer aufgestanden«, sagte Aaron bescheiden.

Doch in seiner Brust machte sich ein Gefühl von Stolz und Stärke breit.

Steinwächter

Die Kraniche

Die kleine Gestalt kauerte auf dem Boden, verborgen in den Schatten der marmornen Löwenstatue. Es war eine junge Frau, das dunkelhäutige Gesicht unter einer schwarzen Kapuze verborgen, bernsteingoldene Augen leuchteten wie Sterne. Kurz überlegte sie, ob es Patience oder Fortitude war, neben dem sie kauerte – sie konnte die steinernen Wächter der New York Public Library nicht wirklich unterscheiden. Und doch hoffte sie auf deren Schutz, denn es gab niemanden sonst, der ihr helfen würde.

Früher hatte es den Geschichten nach Helden gegeben, mit Superkräften. Frauen und Männer, die fliegen konnten, in Anzügen aus Eisen oder mit einem Umhang. Mutanten, Zeitreisende, von den Toten Auferstandene und Verbrecher. Sie alle hatten für das Gute gekämpft. Sogar Außerirdische und fast vergessene Götter hatten sich Gefahren entgegengestellt. Doch sie waren alle fort.

Die Menschen waren wieder allein. Und die junge Frau war zudem einsam.

Sie kniff die Augen zusammen, versuchte, ihr wild rasendes Herz und ihren keuchenden Atem zu beruhigen.

»Ich hätte dem Kerl nicht helfen sollen«, flüsterte sie dem Löwen zu, der über ihr auf seinem Sockel in die Nacht ragte.

Aber sie hatte es getan, hatte den blassen jungen Mann mit den fast schneeblonden Haaren vor diesen Kerlen gerettet, die sie nun verfolgten, während der junge Mann einfach verschwunden war.

»Warum gibt es keine Helden mehr?«, wisperte sie, als Schritte laut wurden.

Sicher, es könnten auch andere Menschen sein als ihre Verfolger. New York war die Stadt, die niemals schlief. Doch wie groß war diese Hoffnung?

Neben ihr erklang ein Knirschen, das sich wie eine Mischung aus einem Knurren und einem Schnurren anhörte. Sie hob den Kopf, suchte nach der Ursache des Geräusches und starrte in die hellen Augen des Löwen, der eben noch von seinem Sockel auf die Straße gesehen hatte. Jetzt blickte er zu ihr hinunter.

Sie glaubte, ihr Herz würde einen Sprung in ihrer Brust machen.

»Es gibt noch Helden«, sagte der Löwe mit einer tiefen, machtvollen Stimme. »Jeder kann ein Held sein. Für irgendwen. Jederzeit. So wie du eben, Livia

Collins. Und du wirst es weiterhin sein. Hör auf dein Herz. Sei mutig. Niemals grausam.«

Die Augen des Löwen schlossen sich wieder.

»Träume ich? Hast du gerade wirklich mit mir gesprochen?«

Ungläubig starrte Livia die steinerne Figur an, doch diese regte sich nicht mehr. Sie schüttelte den Kopf.

Das Geräusch der Schritte riss sie aus ihren dunklen Gedanken, die darum kreisten, dass sie wohl langsam anfing, den Verstand zu verlieren. Livia duckte sich ängstlich noch tiefer in den Schatten des Sockels und schloss die Augen.

Die Schritte, eben noch schnell näherkommend, verlangsamten sich, bis sie in ihrer Nähe ganz verstummten. Zögernd öffnete Livia ihre Augen und sah sich vorsichtig um. Zunächst konnte sie niemanden ausmachen, doch dann sah sie eine bekannte Gestalt vor der Treppe der Library stehen. Die fast schneeblonden Haare des jungen Mannes leuchteten in der Dunkelheit, während er sich offenbar suchend umsah. Sein blasses Gesicht konnte Livia nicht ausmachen, da er mit dem Rücken zu ihr stand.

„Soll ich es wagen, mich ihm zu zeigen? Vielleicht kann er mir wenigstens erklären, was hier gerade passiert?", dachte sie, als sie auf der 41. Straße weitere Umrisse ausmachen konnte.

Diese Kerle schon wieder, zuckte es ihr durch den Kopf.

Livia entschied sich, sprang auf und lief die Treppe herunter. Der junge Mann wirbelte herum, aber da war sie schon bei ihm, griff ihn am Arm und zog ihn weg aus dem Sichtfeld der sich nähernden Männer.

Er wehrte sich, holte zum Schlag aus, um sich zu verteidigen. Doch dann stockte er.

»Was zum …«, begann er irritiert.

Livia ließ ihn nicht zu Ende sprechen.

»Später«, murmelte sie hastig. »Wir müssen von hier verschwinden. Die Typen…«

Sie griff nach seiner Hand, noch immer war sie so nervös, dass der Griff ein wenig zu fest war. Trotzdem reagierte er erst, als sie abermals an ihm zog.

Sie mischten sich unter die Passanten, die keinen Blick für sie hatten. Warum auch? Für Außenstehende mussten sie vollkommen normal wirken. Niemand würde auf die Idee kommen, dass etwas mit ihnen nicht stimmte. Das beste Versteck war immer noch, sich nicht zu verstecken. Dennoch drehte Livia sich immer wieder um. Jedes Mal, wenn ihr Blick dabei auf die immer kleiner werdende Löwenstatue fiel, machte ihr Herz einen Satz.

Sie überließ dem Jungen den Weg. Es war nicht wichtig, wohin sie gingen, oder?

Vielmehr wollte sie erfahren, wo sie hineingeraten war. Sie schaute zu ihm. Er war gut einen Kopf größer als sie. Auch er spähte in regelmäßigen Abständen über seine Schultern, nur um dann wieder konzentriert nach vorne zu schauen. Offensichtlich lief ihr Begleiter mit einem bestimmten Ziel durch die Häuserschluchten.

Livia folgte ihm mit zusammengepressten Lippen. So viele Fragen. Gleichzeitig begann sie sich zu fragen, ob es tatsächlich eine so gute Idee war, ihm zu folgen. Sie hätte gehen können. Einfach ihr Leben weiter leben, als wäre nie etwas geschehen.

Als sie wieder um eine Ecke bogen, blieb sie abrupt stehen und wirbelte zu ihm herum.

»Was ist hier los? Ich meine – ich habe eben mit dem Löwen vor der Bibliothek gesprochen! Mit einem Steinlöwen! Ich muss verrückt sein!«

»Nicht verrückter als ich«, murmelte der Junge und fuhr sich durch sein Haar. »Hör zu. Ich erkläre es dir. Aber erst müssen wir uns in Sicherheit bringen.«

Ein paar Schritte weiter bogen sie in eine schmale Gasse ein. Der junge Mann schaute sich nochmal kurz um, dann folgten sie der Gasse bis zu einem Backsteinhaus, das verlassen aussah. Die Fenster der unteren Etagen waren mit Holzbrettern vernagelt. Über die Feuerleiter an der Hauswand gelangten sie in den fünften Stock, wo er ein Fenster öffnete Er schien diesen Weg öfters zu benutzen. Nachdem er Livia geholfen hatte, ins Innere zu klettern, schloss er das Fenster hinter sich wieder. Auf dem Boden eine alte, abgenutzte Matratze. Davor stand ein kleiner Gaskocher

„Wer ist dieser Junge nur?“, fragte sich Livia.

Sie wollte die Frage gerade laut in den Raum stellen, da kam etwas mit schlurfenden Schritten aus den Schatten des Raumes und Livia meinte, sie würde den Boden unter den Füßen verlieren. Das war ein Gargoyle! Ein waschechter Wasserspeier! Er reichte ihr etwas bis zu den Knien, ging leicht gebückt, wobei die Hände an seinen überlangen Armen beinahe über das Parkett schleiften. Sein Gesicht war mit nahezu menschlichen Zügen in den Stein gemeißelt worden, nur seine Nase glich dem Trichter einer Trompete.

Für einen kurzen, surrealen Moment fühlte sie sich in ihre Kindheit zurückkatapultiert, in der eine Zeichentrickserie mit diesen Wesen ausgestrahlt worden war. Dann riss die Stimme des Wesens sie zurück ins Hier und Jetzt.

»Ihr seid schon zurück, Master Jay? Ist etwas nicht in Ordnung?«

Der Blick des Wesens fiel auf Livia und es verstummte. Der junge Mann, der offenbar Jay hieß, winkte ab.

»Schon gut, sie ist in Ordnung, Wendolin. Sie kann es auch. Sie hat mit Fortitude gesprochen. Und sie hat mich gerettet.«

Er wandte sich Livia zu.

»Mein Name ist Jay Carter, und ich kann Stein dauerhaft lebendig werden lassen und Mauern bewegen. Außerdem kann ich mich mit Statuen unterhalten, genau wie du. Du hast mich vor Leuten gerettet, die mit dieser Gabe Böses bewirken wollen.«

Livias Gedanken überschlugen sich. Stein lebendig werden lassen? Mit Statuen reden? Und das sollte sie auch können?

»Du hast es doch schon getan«, flüsterte eine Stimme in ihrem Inneren. Sie schüttelte den Kopf.

»Aber wie? Was? Warum? Ich verstehe nicht.«

Fassungslos ließ sie sich zu Boden sinken und blickte abwechseln zu dem Gargoyle, der sich wieder in die Schatten zurückgezogen hatte, und zu Jay.

Letzterer setzte sich zu ihr.

»Ob du auch Stein lebendig werden lassen kannst, weiß ich nicht. Aber du kannst auch mit Statuen sprechen, das macht dich zu einer von uns.«

»Uns?«, echote sie. »Aber warum jetzt? Ich konnte das doch vorher nicht. Warum so plötzlich?«

»Nun, manche können es von Geburt an, bei anderen kommt die Gabe erst später hervor. Wir wissen nur, dass wir alle eine besondere Verbindung zu stein haben, seit klein auf.«

Livia fand ihre Fassung langsam wieder. Ja, sie hatte Steine immer gemocht, hatte sie gesammelt und mit ihnen gespielt … sie schüttelte die Erinnerung ab.

»Wie viele gibt es denn? Und leben sie alle hier? Und was ist mit ihm?«, wollte sie mit einem Wink zu der Steinfigur wissen.

»Nun, das ist eine längere Geschichte«, erwiderte Jay.

»Ich denke, wir haben durchaus die Zeit, dass du sie mir erzählst«, erwiderte Livia bestimmt. »Denn du klingst nicht, als könnte ich so schnell wieder in mein altes Leben zurück. Diese Männer haben mich genauso wie dich auf dem Radar, oder?«

Jay nicke und machte eine Miene, als müsse er sich anstrengen, einen finsteren Gedanken abzuschütteln, dann sah er Livia mit einem offenen, freundlichen Blick an.

»Die Geschichte muss warten. Aber ich erkläre dir alles, was du für den Moment wissen musst. Wir waren bisher zu dritt, aber es gibt ein Gerücht, dass es immer vier sein müssen. Das wärst dann du. Jeder von uns hat seine eigene Kraft. Wir leben alle woanders. Als Gruppe würden wir auffallen, alleine können wir besser untertauchen. Wir treffen uns aber regelmäßig an wechselnden Orten.«

Jay machte eine kurze Pause.

»Das heißt, wir trafen uns«, korrigierte er sich. »Ich war bei einem solchen Treffen, kurz bevor du mich gerettet hast. Wir wurden angegriffen … ich weiß nicht, was mit den anderen beiden passiert ist. Ich selbst bin nur knapp entkommen. Sie waren in der Überzahl. Ich verstehe nicht, wie sie uns gefunden haben.«

Er blickte auf.

»Was hast du dort gemacht?«

Er klang nicht vorwurfsvoll und dennoch gab es einen Teil von ihr, der auf Verteidigung umschaltete.

»Nichts Besonderes. Ich war auf dem Weg nach Hause.«

Jay musste die Wahrheit nicht wissen. Er war ein Fremder, es ging ihn nichts an, dass ihre Eltern vor drei Jahren bei einem Unfall verstorben waren und sie seitdem bei einer Pflegefamilie lebte, auf die der Begriff »Familie« nicht passte. So oft sie konnte, verließ sie das Haus, war lieber allein als dort. So wie heute wieder. Sie hatte nur spazieren gehen wollen. Der Zufall hatte sie an die Stelle geführt, an der Jay sich offenbar mit dem Rest der Gruppe getroffen hatte …

Livia erstarrte. Etwas stimmte nicht. Da waren keine anderen gewesen, nur diese drei Männer, nichts, was man als Überzahl bezeichnet hätte, wenn man in einer Gruppe unterwegs gewesen war.

Und wenn die anderen beiden schon geflohen waren, verfolgt von weiteren Männern? Wenn dieser Jay nur der Langsamste gewesen war? Wenn …

Ihr brummte der Kopf von all den Geschehnissen. Und doch hatte sie gelernt, auf ihr Bauchgefühl zu hören, und das sagte ihr, dass Jay Carter ein Lügner war.

Das Knirschen von Stein ließ sie hochschrecken, der kleine Gargoyle mit Namen Wendolin war wieder in den Raum getreten und musterte sie. Plötzlich hatte Livia das drängende Gefühl, diesem Ort entkommen zu müssen. War Jays Lächeln nicht auch eine Spur zu freundlich?

Livia zwang sich, ruhig zu atmen. Nur nichts anmerken lassen …

Jay musterte sie besorgt.

»Ist alles in Ordnung?«

»Nicht wirklich. Ich meine, ich habe gerade rausgefunden, dass ich mit Steinen sprechen kann … Ich … ich sollte nach Hause gehen. Die Männer scheinen uns ja nicht gefolgt zu sein, sodass ich dort für heute zumindest in Sicherheit sein sollte. Bitte … wir können doch auch morgen weiterreden.«

Sie hoffte, dass ihr wild schlagendes Herz sie nicht verriet.

Natürlich würde sie nicht nach Hause gehen, sie kannte genug Orte, an denen sie sich verstecken konnte, aber das musste dieser Jay ja nicht wissen. Er nickte.

»Natürlich. Findest du deinen Weg zurück?«

Livia neigte den Kopf.

»Das ist New York, oder? So schwer ist es mit der Orientierung nicht, wenn man Straßenschilder lesen kann.«

»Wohl wahr!«, erwiderte er lachend, nur um gleich wieder ernst zu werden.

»Trotzdem. Pass auf dich auf.«

Livia erhob sich.

»Das mache ich, danke.«

Sie ließ sich von Jay aus dem Fenster auf die Feuerleiter helfen, wartete jedoch noch einen Moment, bis sie sich auf den Weg nach unten machte. Jay verbarrikadierte das Fenster wieder mit dem Holzbrett.

»Sie glaubt uns nicht«, hörte Livia die knarrende Stimme Wendolins.

»Nein«, bestätigte Jay.

Livia schwindelte. Sie musste hier weg. So schnell sie konnte. Und sie wusste genau, wohin sie gehen würde. Zurück zur Bibliothek. Denn wenn das Herz voller Angst und das Hirn voller Fragen war, konnten Bücher in jedem Fall weiterhelfen. Und vielleicht auch die beiden steinernen Löwen, die vor ihren Toren Wache hielten.

Livia kam unbehelligt an der Bibliothek an. Niemand war ihr gefolgt, auch Jay nicht. Ratlos stand sie vor den geschlossenen Toren. Es dauerte noch Stunden, bis die Library öffnen würde. Sie fluchte, drehte sich auf dem Absatz um. Ihr Blick fiel auf die beiden Löwenstatuen. Natürlich! Sie schlug sich in Gedanken vor die Stirn. Wozu nach einem Buch suchen oder auf einen seltsamen Jungen hören, wenn sie die Antworten doch direkt vor der Nase hatte! Sie konnte mit Statuen reden! Sie huschte zu dem rechten Löwen. Mühsam kletterte sie das Podest empor, legte ihre Hand auf die Stirn des Tieres. Es kostete sie einige Mühe und rasch verlor sie den Halt. Sie sprang zurück auf den Boden. Doch der Löwe öffnete tatsächlich die Augen und wandte ihr den schweren Kopf zu.

»Hallo Mädchen mit dem Herz aus Stein.«

Livia stockte. Was? Sie sollte ein Herz aus Stein haben? Der Löwe schien ihr den Gedanken vom Gesicht abzulesen. Er schmunzelte.

»Es ist besser, ein Herz aus Stein zu haben, als überhaupt kein Herz«, stellte er fest. »Aber ich will es dir erklären. Dein Herz ist aus Fleisch und Blut, aber es fließt auch ein wenig Stein darin. Deswegen verstehen wir uns.«

Livia hörte ihren eigenen Herzschlag, als wollte ihr Herz sich gegen die Behauptung auflehnen. Was hatte das alles zu bedeuten? Warum floss Stein in ihrem Herzen? War es in ihrem Blut? Gerade, als sie den Löwen um Rat fragen wollte, sah sie aus dem Augenwinkel eine Bewegung. Als sie näher hinsah, erkannte sie die Männer, aus deren Fängen sie Jay gerettet hatte. Sie waren immer noch auf der Suche nach ihnen. Livia schauderte und sah zu dem steinernen Wächter.

»Bitte, hilf mir. Vertreibe diese Männer!«

»Das kann ich nicht«, erwiderte der Löwe.

»Warum nicht? Wenn ihr schon mit mir sprecht, so könnt ihr mir doch auch beistehen«, flehte sie.

»Nein«, ließ sich der zweite Steinlöwe vernehmen, der ihnen offenbar die ganze Zeit zugehört hatte.

»Wir können dir nicht helfen. Wir haben einst den Eid geschworen, die Bibliothek und ihre Schätze zu beschützen, nicht mehr und nicht weniger.«

Livia sah verzweifelt von einem Löwen zum anderen.

»Das stimmt«, bestätigte der Löwe, neben dem sie stand.

»Unser Eid bezieht sich einzig und allein auf die New York Public Library. Du musst ihnen daher alleine entgegentreten.«

Unsicher drehte sich Livia zu den Männern um, die bereits wieder ein Stück näher gekommen waren, und ballte ihre Hände zu Fäusten. Na gut, wenn ihr die beiden Steinlöwen nicht helfen konnten oder wollten, würde sie es eben alleine schaffen. Wenn sie nur wüsste, wie. Fieberhaft überlegte sie, was sie tun konnte. Zuerst dachte sie daran, einfach wieder wegzulaufen. Aber in welche Richtung? Sie würden ihr folgen, und vermutlich auch kriegen. Körperlich war sie den drei Männern unterlegen, sich auf einen Kampf mit ihnen einzulassen, war ebenso aussichtslos. Also dachte sie daran, ihnen irgendetwas in den Weg zu stellen, damit sie vorerst aufgehalten würden. Noch während sie daran dachte, sah sie, dass die Steinplatten vor ihr auf dem Boden aufbrachen und Steine hervorquollen, die einem Wirbel gleich eine Barriere zwischen ihr und den Verfolgern bildeten. Nein, keine richtige Barriere, eher eine kreisrunde Mauer, die sich eng um die drei Männer schloss, schnell an Höhe gewann und so ihre Verfolger am Weitergehen behinderte. Es funktionierte! Noch ein wenig ungläubig sah sie dem Treiben zu, doch je höher die Mauer wurde, desto sicherer wurde Livia und umso höher wurde wiederum die Mauer, bis sie sich schließlich zu einem hohen Turm geschlossen hatte, der undurchdringbar und unüberwindbar schien.

»Und nun?«, wandte sie sich wieder zu dem Löwen um. »Was soll ich nun tun?«

Doch die beiden Löwen waren bereits wieder in ihre gewohnte Position zurückgekehrt. Stattdessen saß auf einem von ihnen ein junges Mädchen mit knielangen, glatten schwarzen Haaren. Ihre Gesichtszüge waren von asiatischer Herkunft und ein breites Grinsen ließ ihre weißen Zähne aufblitzen, während sie Livia neugierig beobachtete.

»Ha. Ich wusste, dass du auch eine Wächterin bist. Habe es gleich erkannt, als du aufgetaucht bist, ich musste nur sehen, dass ich von da wegkomme, damit sie mich nicht erwischten. Coole Fähigkeit!«

Mit einem beherzten Sprung landete das Mädchen neben dem Löwen auf dem Boden. Kurz hatte Livia das Gefühl, dass der feste Boden nachgab, wie eine Schaumstoffmatte. Doch als sie genauer hinsah, konnte sie nichts mehr erkennen. Vorsichtig beäugte sie den Neuankömmling.

»Aber deine Vorstellung hier«, sagte das Mädchen und machte eine Geste auf den Turm, der sich um die Männer geschlossen hatte, »ist dann doch ein bisschen viel gewesen. Wir sollten von hier verschwinden, bevor wir die Aufmerksamkeit auf uns ziehen.

Ich erkläre dir alles, wenn du willst.«

Sie hielt ihr lächelnd die Hand hin.

»Ich bin übrigens Ai.«

Livia überwand ihre Vorsicht und ergriff die Hand.

»Ich bin Livia. Und es wäre schön, wenn mir jemand all das hier mal erklären würde.«

Auch sie versuchte sich an einem Lächeln, doch sie spürte, dass es ein wenig schief wurde.

»Wohin gehen wir?«

Sie versuchte, ihr Misstrauen nicht allzu sehr zu zeigen. Jay zu folgen, hatte sich als Fehler herausgestellt. Und jetzt sollte sie schon wieder mit einer anderen, wildfremden Person gehen? Einfach so? Ai legte den Kopf schief.

»An deiner Stelle wäre ich auch skeptisch«, sagte sie, als hätte sie ihre Gedanken gelesen. »Aber wenn es dir hilft, die Löwen vertrauen mir. Sie lassen nicht jeden auf sich sitzen. Nicht, wenn sie zum Leben erwachen. Außerdem weiß ich nicht nur von deinem Herzen, sondern auch von dem Tag, an dem es begann. Du weißt schon, vor ein paar Tagen im Central Park. Erinnerst du dich?«

Livia stutzte erneut, doch bevor sie etwas sagen konnte, sprach Ai weiter.

»Wenn nicht, auch gut, wir müssen eh hin. Komm.«

Sie nahm Livias Hand fester und zog sie die Treppe hinauf, wo sie die Hand auf den Boden legte und vor Livias erstaunten Augen einen Torbogen aus den

Platten wuchs, hinter dem sie das Alice im Wunder-
land–Monument im Central Park erkennen konnte. Ai
grinste.

»Das ist meine Fähigkeit«, erklärte sie und gab Livia einen leichten Schubs, dass sie durch das Portal
stolperte.

Das asiatische Mädchen folge ihr. Hinter ihnen
zerfiel das Portal genau in dem Moment zu Staub, in
dem die Mauer um ihre Verfolger barst.

Und plötzlich fanden sich beide im Central Park
wieder, genau an dem Alice im Wunderland-Monu-
ment, welches das Portal zuvor gezeigt hatte. Erstaunt
blickte Livia Ai an.

»Cool oder? Bringt mich schnell von A nach B«
sagte Ai grinsend.

»Aber wie... Wie ist das möglich? Das alles hier?
Und warum hast du mich eben eine Wächterin ge-
nannt?« fragte Livia verdutzt.

»Ich glaube, wir haben dir einiges zu erklären«
meinte Ai darauf.

»Wen meinst du mit wir?«

Kaum hatte Livia die Frage gestellt, huschte ein
Schatten aus der Dunkelheit hervor. Ein junger Mann,
etwas größer als sie und mit braunen, leicht welligen
Haaren. Für einen Moment überkam sie ein ängst-
liches Gefühl. Sie blickte zu Ai und sah, wie ent-
spannt sie dastand. Sie schien ihn zu kennen und ihm
zu vertrauen. Nun stand der Fremde neben ihr und
schaute Livia neugierig an.

»Mein Name ist Ethan und ich bin wie du ein Wächter. An deinem verwirrten Blick sehe ich, dass du eine Menge Fragen haben musst«

»Und wie«, erwiderte Livia.

»Dann kommt, setzen wir uns. Aber nicht hier auf die Bank, da sind wir zu sehr auf dem Präsentierteller, auch wenn es dunkel ist. Wir werden versuchen, dir deine Fragen so gut es geht zu beantworten.«

Mit diesen Worten ging Ethan, nachdem Ai ihm kurz berichtet hatte, was geschehen war, zu einem Baum mit tief hängenden Ästen, welcher in der Nähe der Alice-Figur stand, und ließ sich an dessen Stamm nieder. Ai und Livia folgten ihm und setzten sich ebenfalls.

»Was seid ihr? Was bin ich? Was für Wächter sollt ihr, sollen wir sein? Was soll das alles? Warum werde ich von diesen Männern verfolgt? Was hat Jay damit zu tun?«

Die Fragen schossen revolvermäßig aus Livia hinaus, was Ethan zu einem Grinsen veranlasste.

»Eins nach dem anderen, Kleines. Also, zuerst einmal sind wir ganz normale Menschen, wie du. Naja, fast normal. Wir haben jedoch das Talent, dass wir Energien aus Steinen ziehen können. Je älter die Steine sind, umso besser funktioniert das. Ais Talent hast du ja eben kennengelernt und Jay und sein Talent kennst du ja anscheinend auch schon. Deins scheint auch nicht schlecht zu sein, nach dem, was Ai eben erzählt hat. Ich kann ganze Gegenstände aus Stein bewegen. Man könnte fast sagen, ich kann Berge versetzen. Auch wenn ich das noch nicht ausprobiert habe.«

Ethan zwinkerte Livia verschmitzt zu und Livia musste lächeln, während Ai leise kicherte.

»Talent, so hätte ich das jetzt nicht bezeichnet. Eher als Fluch«, warf Livia dennoch ein.

»Ob Talent, Gabe oder Fluch - wie man es bezeichnet, ist eigentlich egal. Wichtig ist, was man daraus macht«, meldete sich Ai zu Wort.

»Herausgefunden haben wir es aber ebenso wie du erst nach und nach. Du kannst dir gar nicht vorstellen, wie panisch ich war, als sich bei mir plötzlich ein Portal öffnete, als ich einmal auf dem Heimweg stolperte und drohte, mit voller Wucht gegen eine Backsteinmauer zu knallen. Ich fiel hindurch und fand mich ganz woanders wieder. Ich bin fast ausgerastet.«

Livia sah Ai geschockt an.

»Und dann, was passierte dann?«, fragte sie.

»Nichts.«

Ai zuckte mit den Schultern.

»Ich wusste ja nicht, wie das passiert war. Dass das mit den Steinen zu tun hat, habe ich erst später erfahren. Ich war froh, dass ich nur im Central Park gelandet war und nicht auf einem anderen Planeten, sodass ich mich einfach auf den Weg nach Hause machen konnte.«

»Ich habe zuerst mitbekommen, dass ich mit Steinfiguren sprechen kann, eine Fähigkeit, die uns anscheinend verbindet, da wir das alle vier können«, fuhr Ethan fort.

»Es war genau wie bei Ai eigentlich mehr ein Zufall. Ich hatte mich mit einem Freund verabredet und während ich auf ihn gewartet habe, habe ich gehört wie sich die Snow Babies am Eingang zu Rumsey Fields über die vorbeigehenden Passanten lustig machten. Ich glaubte, ich würde verrückt, wenn ich schon anfinge, Stimmen zu hören. Als die beiden mitbekommen haben, dass ich sie verstand, haben sie nur zu mir gemeint, ich solle dringend mal ein Wörtchen mit meinen Eltern reden. Was ich dann schlussendlich voller Zweifel und Angst, sie würden mich direkt einweisen lassen, gemacht habe. Von meinem Vater habe ich dann erfahren, dass es uns im Blut liegt, wir es im wahrsten Sinne des Wortes in die Wiege gelegt bekommen. Diese Talente werden von Generation zu Generation weitergegeben. Das Talent macht sich erst ab einem bestimmten Alter bemerkbar und es ist auch immer ein unterschiedliches. Unsere Familienmitglieder haben ihre Talente auch immer vor den anderen geheim gehalten. Das hat wohl was mit dem Wächtersein zu tun.«

»Ich kann meine Eltern nicht fragen«, sagte Livia leise.

»Sie sind vor drei Jahren gestorben.«

Ein unangenehmes Schweigen breitete sich aus. Schließlich fasste Ethan sich ein Herz.

»Das tut mir leid«, sagte er leise.

»Schon gut«, winkte Livia ab. »Was ist das jetzt mit den Wächtern?«

»Auch das liegt in unseren Vorfahren begründet«, erzählte Ai weiter.

»Diese haben sich vor langer Zeit zusammengetan, um die Stadt vor Feinden zu beschützen, indem sie ihre Fähigkeiten einsetzen. Und dabei ist es bis heute geblieben. Meine Mutter hat mir erklärt, dass jede Generation von Wächtern sich auf die Suche nach einem Steinernen Gesetzbuch machen muss. Auf dieses Gesetzbuch wird dann - ähnlich wie auf die Bibel bei Gericht - geschworen, dass man seine Fähigkeiten nur einsetzt, um Gutes für die Stadt zu tun und sie vor allem Übel zu beschützen. Dieser Schwur wird zum eigenen Schutz auch damit verbunden, dass man niemandem hiervon erzählen darf, selbst der eigenen Familie nicht. Mehr konnte sie mir auch nicht sagen, nur dass man sich an diesen Schwur halten muss, bis die nächste Generation von Wächtern bereit ist, die Aufgabe zu übernehmen.«

»Und das wollt ihr jetzt tun?«, hakte Livia nach. »Nach diesem Buch suchen?«

»Ja«, meinte Ethan schulterzuckend.

»Was sollen wir sonst tun?«

Livia kam erneut der Gedanke, dass sie einfach nach Hause gehen könnte. Die Sache mit dem Stein vergessen. Aber wie sollte man vergessen, dass man aus dem Nichts Steintürme wachsen lassen konnte? Sie seufzte.

»Und wo wollt ihr mit der Suche anfangen?«

»Gute Frage«, erwiderte Ai. »Am besten gehen wir zur Steinernen Hexe hier im Park. Sie soll allwissend sein. Vielleicht kann sie uns helfen.«

Gemeinsam machten sich die drei auf den Weg zur Statue der Hexe am Rumsey Playground.

»Und nun?«, wollte Livia wissen, als sie vor der reglosen Statue standen. »Sollen wir sie einfach ansprechen?«

»Ich sehe drei Wächter hier, doch sein müsst ihr eigentlich vier«, vernahmen sie da eine alte, wie ein Reibeisen klingende Stimme.

Als sie zur Statue sahen, blickten sie ein paar gütige Augen hinter einer Brille neugierig an.

»Du weißt, wer wir sind?«, fragte Livia verblüfft.

»Ich weiß so vieles und noch viel mehr und doch nicht alles«, orakelte die Hexe.

»Ich habe auf euch gewartet, wie ich seit Anbeginn der Zeit auf die neuen Wächter der Stadt warte, um ihnen den richtigen Weg zu zeigen. Doch nur zu viert könnt ihr die Aufgabe bewältigen, das Steinerne Gesetzbuch zu finden.«

»Wir wissen, wer der vierte Wächter ist, allerdings wissen wir nicht, wo er sich derzeit aufhält«, meldete sich Ethan nach einer kurzen Abstimmung mit Ai und Livia zu Wort.

»Aber wir werden ihn suchen und uns dann gemeinsam mit ihm auf den Weg machen.«

»Nun, wenn das so ist, so macht euch auf den Weg in den östlichen Teil des Parks zu Strawberry Fields, wenn ihr den vierten von euch gefunden habt. Dort findet ihr den Weg, der euch zum Steinernen Gesetzbuch bringt, wenn ihr über ein reines Herz und genügend Vorstellungskraft verfügt.«

Mit diesen Worten verwandelte sich die Hexe wieder in ihre steinerne Figur zurück und ließ die drei etwas ratlos zurück.

»Und wo sollen wir Jay jetzt finden?«, fragte Ai in die Runde.

»Ich war zwar schon einmal bei ihm zu Hause, wenn es wirklich sein zu Hause ist«, antwortete Livia. »Ich bin mir aber nicht sicher, ob ich den Weg dorthin jetzt noch finde. Aber meint ihr wirklich, dass das eine gute Idee ist. Ich glaube nicht, dass er auf unserer Seite sein wird.«

Livia war unwohl bei dem Gedanken, Jay erneut zu begegnen, und erzählte den beiden, was geschehen war, als sie mit ihm zusammen gewesen war und dass sie damals ein komisches Gefühl beschlichen hatte.

»Wir brauchen ihn nicht zu suchen. Seht, dort ist er. Und er ist nicht alleine.«

Ethan wies auf ein paar Gestalten, die einige Meter vor ihnen aus dem Gebüsch traten und auf sie zukamen.

Livia sah in die gewiesene Richtung und ihr wurde mulmig zumute.

»Das sind doch die drei, vor denen ich ihn gerettet habe! Und dieser kleine Gargoyle aus seiner Wohnung! Jetzt verstehe ich gar nichts mehr.«

Kaum hatte sie dies gesagt, da wurden sie auch schon von Jay, den Männern und der kleinen Statue angegriffen. Livia, Ai und Ethan wehrten sich, so gut sie es konnten und nach einiger Zeit konnten sie die Männer sowie den Gargoyle außer Gefecht setzen. Sie fesselten und knebelten den von Livia erstarrten Gargoyle und die Bewusstlosen und schafften sie zurück ins Gebüsch, wo sie hoffentlich so schnell keiner finden würde. Dann kehrten sie zu Jay zurück, den sie bewusstlos und gefesselt am Boden liegend auf dem Weg zurückgelassen hatten.

»So, Freundchen.«

Ethan baute sich drohend vor Jay auf, als dieser nach kurzer Zeit wieder zu sich kam.

»Nun erklär uns gefälligst, was das Ganze soll. Schon beim letzten Mal, als wir uns trafen und von diesen Typen angegriffen wurden, kam mir das merkwürdig vor. Und Livia scheint mit ihrem Gefühl auch Recht gehabt zu haben. Los, rede!«

»Schon gut, schon gut. Ich erkläre euch alles. Bitte glaubt mir, ich habe keine andere Wahl. ich muss diesen Männern helfen. Sie gehören einer der größten Logen von New York an.«

»Loge, was für eine Loge? Und warum sollte ihnen etwas an uns liegen?«, wandte Ai ein.

»In dieser Loge, diesem Geheimbund, befinden sich ein paar der mächtigsten Männer von New York. Und was sie wollen? Ganz einfach: Macht und Geld. Sie sind schon seit jeher Gegner der Wächter gewesen. Es ist ihnen egal, auf welchem Weg sie ihre Ziele erreichen. Außerdem glauben sie, dass, wenn sie die Kette der Wächter zersprengen, niemand sie dann mehr aufhalten kann. Bisher konnten die vorherigen Wächter oftmals ihre Pläne durchkreuzen und sie daran hindern, Geld für ihre finsteren Machenschaften zu erlangen. Die Loge fühlt sich daher durch die Wächter bedroht und schreckt vor nichts zurück. Einer der Männer der Loge hat zufällig einmal gesehen, wie ich Steine bewegt habe. Und dann haben sie beschlossen, dass ich ihnen helfen soll, in Banken oder bei Behörden und Firmen einzubrechen, um an dort verschlossene Informationen und Gelder zu

144

gelangen. Zuerst haben sie mir Geld und eine Mitgliedschaft in der Loge angeboten, doch als sie merkten, dass ich das nicht wollte, haben sie zu härteren Mitteln gegriffen und Ava, meine kleine Schwester, an einen unbekannten Ort entführt. Und nun erpressen sie mich damit, dass sie ihr etwas antun, wenn ich ihnen nicht helfe.«

Jay ließ mutlos die Schultern sinken und schluckte schwer. Dann sah er flehend zu den drei anderen.

»Bitte, helft mir, sie zu befreien.«

Die drei beratschlagten sich kurz aber heftig, dann wandten sie sich wieder zu Jay.

»Das ist auch ganz sicher kein Trick, damit du uns in eine Falle locken kannst?«, wollten sie wissen.

»Nein, nein, ganz bestimmt nicht. Ich will mit denen doch überhaupt nichts zu tun haben. Ich will nur Ava wiederhaben«, beteuerte Jay.

»Gut, dann beweise es, schließe dich uns an und werde auch ein Wächter. Dann werden wir dir und deiner Schwester helfen«, schlug Ethan vor.

»Bitte, ich tue gerne alles, was in meiner Macht steht, damit ihr die Wächter der Stadt werdet. Aber ich selbst möchte keiner werden. Ich bin durch Ava viel zu angreifbar und möchte sie und uns dadurch nicht immer und immer wieder in Gefahr bringen. Aber ich bitte euch, helft mir trotzdem, sie zu retten«, bat Jay die drei, die sich fragend ansahen.

Nach einer weiteren kurzen Diskussion, in welcher Livia nochmals darauf hinwies, dass man ihm vielleicht nicht trauen könne, willigten sie schließlich ein und machten sich gemeinsam mit Jay wieder auf den Weg zu Strawberry Fields. Dort angekommen, schauten sie sich suchend um.

»Irgendwo hier soll jetzt der Weg zum Steinernen Gesetzbuch sein. Aber wo? Ich glaube nicht, dass es einer der normalen Wege ist.«, sagte Ai.

»Imagine!«, rief Livia aus.

»Die Hexe hat doch etwas von Vorstellungskraft gesagt. Vielleicht hat es ja etwas mit dem Mosaik zu tun.«

Alle sahen zu dem Bild, welches sich in der Mitte der Wegkreuzung befand und aus vielen kleineren und größeren Steinen gestaltet war.

»Jetzt, wo du es sagst. Das könnte passen«, bestätigte Ai. »Und wenn man genau hinschaut, könnte man meinen, dass das Stufen sind.«

»Ja, genau, das passt. Los, lasst es uns versuchen. Vielleicht müssen wir uns alle vorstellen, dass die Stufen echt sind«, rief Ethan aufgeregt.

Die vier fassten sich an den Händen und schauten angestrengt auf das Mosaik. Und tatsächlich, nach einiger Zeit wurden die Stufen mehr und mehr erkennbar und verwandelten sich in eine Wendeltreppe, die nach unten führte. Alle schauten sich an und stiegen dann einer nach dem anderen die Wendeltreppe hinunter, welche scheinbar ins Bodenlose ging. Nach einiger Zeit kamen sie schließlich am Boden der Treppe an und als Ethan als letzter von ihnen die letzte Stufe verließ, verschwand die Treppe ebenso, wie sie zuvor aufgetaucht war, was Livia kurzzeitig in leichte Panik versetzte.

„Wir sind eingeschlossen! Tief unter der Erde! Wie sollen wir denn jetzt zurückkommen?", schoss es ihr durch den Kopf.

Doch sie atmete tief durch, sprach sich selbst Mut zu und sah sich um. Sie standen in einem kleinen, nur von zwei Fackeln beleuchteten Raum, von dem ein Tunnel abging. Livia und Ai nahmen je eine Fackel, gingen zusammen mit Jay und Ethan in den Tunnel und gelangten am Ende in eine kleinere Höhle, welche ebenfalls von Fackeln erhellt war. Dort, in der Mitte der Höhle, lag auf einem Sockel ein Buch. Livia und den anderen stockte der Atem.

»Das ist es, das muss das Steinerne Gesetzbuch sein«, flüsterte Livia.

Andächtig traten sie näher, dabei stellten sie fest, dass das Buch von einem Amethyst, einem Topas, einem Rubin sowie einem Mondstein, welche in die vier Himmelsrichtungen wiesen, umgeben war.

Alle vier erschraken, als aus dem Schatten plötzlich eine Person, welche in eine dunkle Kutte gekleidet war, hervortrat.

»Ich bin Wart, der Hüter des Steinernen Gesetzbuches. Seit Anbeginn der Zeit, seit es den ewig währenden Kampf des Guten gegen das Böse gibt, existieren verstreut über die ganze Welt Menschen, die es als ihre Pflicht ansahen, ihre Stadt und die darin lebenden Menschen vor dem Bösen zu schützen. Als Dank wurden ihnen hierzu die verschiedensten Fähigkeiten verliehen. Die ersten vier Wächter dieser Stadt, welche auf Fels gebaut wurde, konnten ihre Kräfte aus den Steinen ziehen und bündeln. Um den

Schutz der Stadt zu gewährleisten, schufen sie gemeinsam das Steinerne Gesetzbuch, mit welchem sie an ihren Eid gebunden wurden, ebenso wie alle, die ihnen nachfolgen würden. Ich stelle fest, dass ihr alle gemeinsam den Weg gefunden habt, und frage euch nun, ist es euer gemeinsamer Wille, eure Fähigkeiten in den Dienst des Guten zu stellen und die Stadt vor jeglichem Unheil zu bewahren und füreinander einzutreten? Dann tretet vor und legt euren Eid ab.«

»Diese drei sind gewillt, den Eid abzulegen«, ergriff Jay das Wort. »Ich jedoch kann dies zum Schutz meiner Familie nicht tun und verzichte deshalb auf meine Fähigkeiten, in der Hoffnung, dass dies möglich ist.«

»Nun, dieser Wunsch kommt selten vor, aber es ist möglich. Es wird ein neuer vierter Wächter gefunden werden, denn vier Wächter müssen es sein, so wie es derer vier Elemente, Jahreszeiten und Himmelsrichtungen gibt. Und nur zu viert sind eure Fähigkeiten am stärksten, hat das Böse keine Macht über euch. Doch sei dir bewusst, dass du und deine Nachkommen keinerlei Fähigkeiten mehr haben werden«, gab Wart zu bedenken.

»Dessen bin ich mir bewusst«, sprach Jay und trat einen Schritt zur Seite. »Aber dennoch ist es mein Wunsch.«

»Dann sei dem so«, bestätigte Wart.

An die anderen drei gewandt sprach er:

»Nun tretet alle nacheinander vor und legt die rechte Hand auf das Buch und sprecht mir den Eid nach. Sodann erhaltet ihr einen der vier für euch bestimmten Edelsteine, welche eure Fähigkeiten nochmals verstärken und euch an den Schwur und seine Bedeutung erinnern werden. Tragt diese Edelsteine immer bei euch.«

Ehrfürchtig trat Livia vor, nachdem zuvor Ethan und Ai den Eid abgelegt hatten, tat es den beiden nach und erhielt sodann den für sie bestimmten Edelstein, einen Amethyst.

Nachdem die letzten Worte verklungen waren, wurde es kurz dunkel in der kleinen Höhle. Als die Flammen wieder aufloderten, waren Wart und das Steinerne Gesetzbuch verschwunden, lediglich der Rubin lag noch an seiner Stelle und funkelte im Schein der Fackeln.

Livia sah auf den Amethyst in ihrer Hand und eine unbeschreibliche Ruhe befiel sie. Ihr war, als würde sie die von dem Stein ausgehende Stärke in jeder Faser ihres Körpers spüren. Sie blickte zu Ethan, der einen Topas in der Hand hielt, sowie zu Ai, welche ihren Mondstein mit der Faust umklammert hielt. Beiden schien es ähnlich zu gehen. Sie nickte ihnen zu.

Die drei neu beschworenen Wächter sowie Jay sahen sich kurz an, drehten sich dann um und verließen die Höhle auf demselben Weg, wie sie sie betreten hatten. Als sie wieder bei Strawberry Fields angekommen waren, sahen sie sich vorsichtig um, für den Fall, dass ihnen doch noch weitere Handlanger der Loge gefolgt waren und ihnen jetzt auflauerten.

»Du hast dein Wort gehalten und uns geholfen«, wandte sich Ethan an Jay.

»Nun sind wir an der Reihe, unser Versprechen einzulösen. Hast du denn gar keine Ahnung, wo deine Schwester versteckt sein könnte?«

Jay schüttelte den Kopf.

»Leider nein.«

Mutlos ließ er den Kopf hängen.

»Wir werden sie schon finden.«

Ethan legte Jay eine Hand auf die Schulter.

»Lass uns zu den Männern zurückgehen, vielleicht kriegen wir ja etwas aus ihnen heraus.«

Gemeinsam machten sie sich auf den Weg. Doch als sie zu dem Gebüsch kamen, wo sie die Männer und den Gargoyle versteckt hatten, war von ihnen keine Spur mehr zu sehen. Lediglich die durchgeschnittenen Fesseln lagen am Boden.

»Oh nein, sie sind weg. Jetzt haben wir gar keine Chance mehr, Ava zu finden.«

Jay verzweifelte und ließ sich zu Boden sinken. Livia legte ihm tröstend eine Hand auf die Schulter, sie konnte sich gut vorstellen, was in ihm vor sich ging. Sie hatte ja auch schon jemanden verloren, den sie geliebt hatte.

»Master Jay? Seid ihr das?«, kam da eine leise Stimme aus einem weiteren Gebüsch.

Ai, Livia und Ethan drehten sich zu der Stimme um und sahen Wendolin, den kleinen Gargoyle, vorsichtig auf sie zu kommen.

»Wendolin, was machst du denn hier?«, brachte Jay verwirrt hervor, als er durch Livia auf Wendolin aufmerksam gemacht worden war, da er ihn nicht gehört hatte.

»Diese bösen Menschen, sie haben sich befreien können. Sie waren sehr wütend, dass Ihr entkommen seid. Und dann haben sie mich auch losgemacht und wollten von mir wissen, wo Ihr hingegangen seid, Master Jay. Aber das wusste ich ja nicht und dann wurden sie noch wütender und drohten, mir einen Arm oder sogar einen meiner Flügel abzuschlagen«, erzählte der kleine Gargoyle leise. »Doch ich konnte mich losreißen und bin weggeflogen und hab mich auf dem Dach des Dakota Buildings versteckt. Als ich die Männer aus dem Park habe kommen sehen, bin ich zurückgekommen, um auf euch zu warten.«

Wendolin sah Jay treuherzig an. Jay starrte verwirrt zurück. Er hatte zwar gesehen, dass der Gargoyle seinen Mund bewegt hatte, doch er schien ihn nicht länger verstehen zu können. Ethan bekam dies mit und erzählte Jay kurz, was das kleine Steinwesen ihnen erzählt hatte. Wendolin sah fragend zwischen den beiden hin und her.

»Meine Kräfte, na klar!«

Jay schlug sich mit der Hand vor die Stirn, hockte sich neben den kleinen Gargoyle und erzählte ihm, dass er den Schwur der Wächter nicht geleistet habe und er daher auch nicht mehr mit ihm kommunizieren könne. Wendolin könne zwar ihn, er aber Wendolin nicht mehr verstehen. Dieser starrte entsetzt zu Jay herüber.

»Aber Master Jay, warum haben Sie das denn getan? Und, und was wird jetzt aus mir? Muss ich wieder versteinert die restliche Zeit meines Daseins auf einem der Dächer über der Stadt verbringen?«

Tränen schlichen sich in Wendolins Augen. Ethan übersetzte auch dies und beugte sich dann ebenfalls zu der kleinen Gestalt hinunter und sah ihr fest in die Augen.

»Jay hat es zum Wohle seiner Familie und auch für uns getan, das verstehst du doch, oder?«

Wendolin schniefte, nickte aber.

»Und habe keine Angst«, fuhr Ethan fort, »du musst nicht wieder versteinern. Du bleibst, wenn du das möchtest, bei mir, ich habe genügend Platz.«

Wendolin schniefte noch einmal, wischte sich die Tränen aus den Augen und sah Ethan lange prüfend an. Dann lächelte er.

»Danke, Master Ethan. Ich werde gerne bei Ihnen bleiben und verspreche, treue Dienste zu leisten.«

Mit einem Lächeln richtete sich Ethan wieder auf und erzählte Jay, was sein kleiner Freund gesagt hatte.

»Ach Wendolin, mein Bester, bei Ethan wirst du es bestimmt gut haben.«

Jay umarmte den Gargoyle fest.

»Konntest du sehen, in welche Richtung die Männer gelaufen sind, als sie den Park verlassen haben?«

Wendolin nickte eifrig.

»Ja, das konnte ich sehen. Sie sind in Richtung Norden gegangen«, übersetzte ihm Ethan.

»Gibt es eigentlich einen bestimmten Ort, an dem sich die Loge immer trifft?«, wollte Livia wissen, die die Szene gerührt mit angesehen hatte.

»Das weiß ich nicht.«

Jay zuckte mit den Schultern.

»Ich hab mich mit ihnen an verschiedenen Punkten getroffen. Aber keiner sah so aus, als ob sie dort ihr Hauptquartier hätten.«

»Ich glaube auch nicht, dass sie Ava in ihrem Hauptquartier gefangen halten«, wand Ai ein. »Das wäre zu gefährlich. Ich denke eher, dass sie sie abseits irgendwo festhalten.«

Wendolin zupfte Ethan aufgeregt am Ärmel.

»Ich habe einen der Männer mal etwas von einer verlassenen Lagerhalle in Hunts Point sagen hören.«

»Hunts Point? Das wäre möglich. In diese Gegend traut sich freiwillig niemand. Ich schlage vor, wir sehen uns das mal an.«

Ethan sah fragend in die Runde. Alle nickten entschlossen, nur Wendolin sah ängstlich drein.

»Muss ich auch mit, Master Ethan? Ich habe doch solche Angst«, fragte der kleine Gargoyle leise.

»Nein, Wendolin, du musst nicht mit, wenn du das nicht möchtest. Aber Jay wird mit uns kommen, auch wenn er seine Kräfte nicht mehr hat.«

Jay nickte bekräftigend und strich dem Steinwesen beruhigend über den Kopf.

»Ich habe allerdings eine andere Aufgabe für dich. Bitte sieh dich in der Stadt um, ob dir jemand auffällt, der so ist wie wir, der mit den Statuen reden kann oder der Dinge mit Steinen machen kann, die sonst keiner macht. Traust du dir das zu?«

Wendolin strahlte seinen alten und seinen neuen Herrn an.

»Ja, Master Jay, Master Ethan, das mache ich. Ich fliege geschwind wie der Wind und halte Ausschau.«

Damit drehte sich Wendolin um, spannte seine Flügel auf, erhob sich in die Lüfte und verschwand im Dunkel der Nacht.

»Gut, dann schlage ich vor, dass wir uns auch auf den Weg machen. Aber gebt Acht, wir sollten auf alles gefasst sein. Ai, darf ich bitten?«

Ethan machte eine einladende Bewegung mit dem Arm. Ai nickte und öffnete ein Portal nach Hunts Point, durch das sie alle nacheinander traten. Als sich das Portal geschlossen hatte, standen die vier auf einer verlassenen, dunklen Straße, in der nur wenige Straßenlaternen noch funktionierten und diffuses Licht spendeten. Schnell sahen sie sich um, doch niemand war zu sehen.

»Ich schlage vor, wir drehen eine Runde und schauen, ob uns irgendetwas auffällt«, meldete sich Livia leise zu Wort.

»Nicht nötig, seht nur, da vorne an der Kreuzung. Da geht einer der Männer. Sie scheinen sich getrennt zu haben. Vorsicht, dass er uns nicht sieht«, flüsterte Jay und alle verbargen sich in dem Schatten eines Mauervorsprungs und lugten vorsichtig in Richtung der Kreuzung.

Als der Mann unbeirrt seinen Weg fortsetzte, folgten sie ihm, immer versucht, sich möglichst in den Schatten zu halten und darauf bedacht, kein Geräusch zu machen. Schließlich hielt der Mann vor einem Lagerhaus an und klopfte im Takt an eine in einem Stahltor eingelassene Tür, die sich sogleich öffnete.

»Das muss es sein«, sagte Jay und wollte schon losstürmen, doch Ethan hielt ihn zurück.

»Warte, lass uns erst einmal abwarten und das Tor beobachten, ob noch mehr Männer kommen oder gehen. Außerdem müssen wir überlegen, wie wir am besten vorgehen, es könnte sich schließlich immer noch um eine Falle handeln.«

Jay blinzelte Ethan wütend an, besann sich dann aber und nickte zustimmend. Nachdem einige Zeitlang nichts passiert war, ergriff Ai leise das Wort.

»Wartet weiter hier, ich gehe mal und schau mich um, wie es an der Seite und hinter der Halle aussieht.«

Bevor auch nur einer der anderen reagieren konnte, war sie bereits fortgeschlichen und kam nach einer Weile, die den Wartenden wie eine Ewigkeit erschien, wieder.

»Nichts, alles ruhig. Draußen ist niemand zu sehen.«

»Was ist mit Ava?«, fragte Jay ungeduldig. »Hast du sie gesehen?«

»Ganz ruhig, Jay. Ja, ich habe deine Schwester gesehen. Durch einen kleinen Spalt in einem der vernagelten Seitenfenster konnte ich erkennen, dass sie im hinteren Teil der Halle auf einer Pritsche liegt und zu schlafen scheint. In der Mitte der Halle sitzen an einem Tisch drei Männer. Leider sind alle Fenster fest verrammelt und die Türe am rückwärtigen Teil des Lagerhauses verschlossen.«

»Kein Problem, ich hatte eh nicht vor, die Tür zu nehmen«, warf Livia ein und unterbreitete den anderen ihren Plan.

Nach einigem Hin und Her einigte man sich auf eine Vorgehensweise und die vier schlichen in Richtung der Lagerhalle. An der Seite der Halle angekommen, schlug Livia mit Hilfe ihrer Fähigkeiten ein Loch in die Wand, welches mit lautem Getöse entstand. Die vier nutzten den Überraschungseffekt aus und stürmten in die Halle auf die Männer zu, die sich verdutzt umsahen, dann aber schnell aufsprangen und nach Knüppeln griffen, welche sie an die Stühle gelehnt hatten auf denen sie zuvor gesessen hatten. Doch sie waren zu langsam. Einer der Männer bekam von Ethan einen großen Steinquader an den Kopf, der ihn wie einen Baum niederstreckte, während Livia den zweiten mithilfe der Ziegel, die sie aus der Wand entfernt hatte, so fest einmauerte, dass dieser sich nicht rühren konnte. Auf den dritten schließlich stürmte Jay zu und setzte ihn nach einem kurzen Handgemenge mit einem Kinnhaken außer Gefecht.

»Vorsicht«, rief Livia, als plötzlich ein vierter Mann aus dem vorderen Bereich auftauchte.

Er trat aus dem Dunkeln heraus und Ai drehte sich blitzartig zu diesem um, kniete sich hin und öffnete ein Portal im Boden, sodass der Mann, als er einen weiteren Schritt tat, durch dieses mit einem Schrei in den Hudson fiel, denn dorthin hatte Ai das Portal geöffnet.

Nachdem dieser kurze aber heftige Kampf vorüber war, lief Jay zu seiner Schwester, die durch den Tumult wach geworden war und sich verängstigt umsah. Er beruhigte Ava, hob sie vorsichtig auf und ging zu seinen drei Mitstreitern zurück.

»Bitte, lasst uns schnell von hier verschwinden, bevor noch mehr Männer kommen.«

Alle waren erleichtert, dass die Aktion so schnell vonstattengegangen war und nickten zustimmend.

»Bevor wir gehen, sollten wir aber die Wand wieder verschließen, damit Avas Befreiung nicht so schnell entdeckt wird und wir einen kleinen Vorsprung haben«, schlug Livia vor und verschloss, nachdem alle die Halle durch das Loch wieder verlassen hatten, eben dieses.

Sie sah sich um, ein unbestimmbares Gefühl machte sich in ihrem Bauch breit. Bevor Ai ein Portal öffnen konnte, welches sie aus Hunts Point wieder fortbrachte, hörten sie ein Rauschen in der Luft. Als alle nach oben sahen, sahen sie Wendolin, der aufgeregt auf sie zugeflattert kam.

»Master Ethan, Master Jay, Ihr seid wohl auf. Und Eure Schwester auch, wie ich sehe«, rief er leise aus und an Livia und Ai gewandt fuhr er fort.

»Und Ihr natürlich auch. Was bin ich froh! Habt Dank, dass Ihr Master Jay geholfen habt.«

Livia nickte der kleinen Gestalt zu, froh, dass nur sie es gewesen war, die anscheinend das Gefühl in ihrem Bauch ausgelöst hatte.

»Wendolin, was machst du hier? Ich hatte dir doch eine Aufgabe gegeben«, fragte Jay streng, nachdem Ethan erneut für Jay und die staunende Ava übersetzt hatte.

»Ja, aber deswegen bin ich doch hier. Stellt euch vor, ich habe ihn gefunden!«, übersetzte Ethan erneut.

»Ein Junge, er sitzt im Bryant Park vor der Statue von Gertrude Stein! Also, es ist jetzt nicht so, dass er nur mit einer stummen Statue redet. Nein, sie antwortet ihm wirklich und die beiden plaudern ganz angeregt über jemanden, den sie Hemingway nennen! Das muss er doch sein, oder? Und da ich wusste, wo ihr hinwollt, habe ich mich auf den Weg zu Euch gemacht.«

Aufgeregt flatterte Wendolin bei dieser Schilderung mit den Flügeln.

»Ja, das scheint der vierte Wächter zu sein. Hab vielen Dank, Wendolin.«

Ethan klopfte dem kleinen Gargoyle anerkennend auf die Schulter, was diesen vor Stolz fast zum Bersten brachte.

»Wir sollten nun aber wirklich von hier fort. Ich schlage vor, dass ihr nach Hause geht und wir statten diesem Jungen und seiner Bekannten einen Besuch ab.«

Auf ein Zeichen von Ethan hin öffnete Ai ein Portal, durch welches Jay und Ava, nachdem sie sich von jedem mit einer herzlichen Umarmung verabschiedet hatten, nach Hause gelangten. Anschließend öffnete Ai ein zweites Portal, welches die drei Wächter und den kleinen Gargoyle in den Bryant Park zu ihrem hoffentlich neuen Mitstreiter brachte.

Die Autoren

Katrin Bohnen

Katrin Bohnen wurde 1991 in einem kleinen Ort im Rheinland geboren und lebt heute in der Nähe von Köln. Schon in der Grundschule hatte sie es geliebt die wildesten und spannendsten Geschichten zu erzählen und sich den Weg in die Traumwelt zu schaffen. Nach dem sie den Weg für ein paar Jahre aus den Augen verloren hatte, fand sie ihn als Teenager wieder und hat heute die Welt der Bücher zu ihrem Beruf gemacht. In der Schreibgruppe „Die Kraniche" fand sie ihre Lust am Schreiben wieder.

Jörg Neuburg

Pünktlich zu Weihnachten erblickte Jörg Neuburg 1986 in Brühl das Licht der Welt. Erst kurz vor dem Abitur hatte er das erste Mal den Drang eine eigene Geschichte zu schreiben.

Nachdem er dies 2011 bei einer Lesung von Fabienne Siegmund in der Buchhandlung Köhl erwähnte war der Weg zu den Kranichen nicht mehr weit. Seitdem hat er einige Kurzgeschichten geschrieben, von denen zwei in Anthologien veröffentlicht wurden. Er schreibt, neben seiner Arbeit als Buchhändler, weiter an seinem ersten Roman.

Kerstin Radermacher

Kerstin Radermacher wurde 1975 im Rheinland geboren und lebt und arbeitet in der Nähe von Bonn. Schon seit ihrer Kindheit steckt sie ihre Nase in Bücher und versinkt in den Geschichten. Erst seit kurzem wetzt sie zudem selbst die Schreibfeder und gibt mit ihren Kurzgeschichten »Ragnas Wollzauber« und »Karussellträume« ihr Debüt.

© Privat

Fabienne Siegmund

© Freylin Fotografie, Jonas Steingräber

Fabienne Siegmund, geboren 1980, flog schon als Kind liebend gerne auf dem Rücken eines Glücksdrachen über Phantasién oder sprang mit Begeisterung in literarische Kaninchenlöcher. Mit der Zeit wurden phantastische Geschichten mehr und mehr ihre Leidenschaft, und so begann sie irgendwann selbst damit, Welten zu bauen und Geschichten zu weben. Seit 2009 finden diese regelmäßig den Weg ins Universum der Bücher, so erschienen unlängst beispielsweise die Herbstlande, ein Gemeinschaftsroman mit den Autoren Stephanie Kempin, Vanessa Kaiser und Thomas Lohwasser und „Die Papierprinzessin", eine Liebeserklärung an die Bücher aus ihrer Kindheit. Ihr Herz für Kurzgeschichten lebt sie immer wieder als Herausgeberin von Anthologien aus. Ende 2015 war sie Mitbegründerin des Phantastik-Autoren-Netzwerk (PAN) e.V., in dem sie seit 2017 die Position der Schatzmeisterin übernommen hat.

Der magische Weihnachtsmarkt

Hoch im Norden, dort wo sich eisiges Meer und tief-
verschneite Berge treffen, findet er statt – jener ge-
heimnisvoll magische Weihnachtsmarkt, auf dem
nichts ist, wie es scheint.

Die Autoren der Schreibgruppe „Die Kraniche"
haben sich auf die Reise gemacht, dem Weihnachtsmarkt ein paar der Geheimnisse zu entlocken: Lesen
sie vom Glück in Schokolade, der Macht von Schnee-
kugeln, von Wolle, deren Fäden mehr vermögen als
zu wärmen und von vielem, vielem mehr …

Eine Weihnachts-Anthologie
der Schreibwerkstatt „Die
Kraniche".
Preis: 9,50 €
ISBN: 9783748150077